가슴에서 사슴까지

가슴에서 사슴까지

김중일 시집

창비

차
례

어깨에서 봄까지

내 어깨에 기대어 오분이나 잤는지 너는, 물빛 선연한 꿈을 꿨다는데 거짓말처럼 하나도 기억나지 않는다고 했다.

내 어깨에 기대어 한숨 자고 난 너는, 몇년간이나 파도처럼 밀려왔던 차가운 꿈이 하나도 기억나지 않는다고 했다.
잠든 새 기대어 있던 한쪽 귀로 꿈이 다 흘러나온 것
틀어놓은 수도꼭지 같은 귀에서 콸콸 다 쏟아진 것 아니겠냐고 했다.
그때 네가 쏟은 꿈이 내 어깨에는 여전히 물 얼룩처럼 묻어 있다.

저녁에 나가보니 문 앞에 고양이가 쓰러져 있었다.
급작스레 고양이의 장례를 치르고, 곧 꺼질 걸 뻔히 알면서도 문 앞에다 양초 한자루를 밝혀두었다.
달빛이 촛불 주위를 부나비처럼 맴도는 걸
달빛이 눈발처럼 촛불에 달라붙어 타 죽는 걸 보고 들어왔다.
새벽에 나가보니 간밤에 네가 일으켜 세워놨는지, 촛불이 있던 자리에 눈사람이 서 있었다.

마지막 하나 남은 턱걸이를 하듯, 온몸이 부들부들 떨리던 겨울의 맨 끝이었다.

내 어깨에 꽃그늘처럼 기대어 잠들기 전 너는, 여생의 봄을 꿈속으로 미리 다 흘려보냈으니, 앞으로는 곧바로 장미가 피고 여름이 올 거라고 했다.

봄에 죽은 친구가 이제 별 얘기를 다 한다고 생각하며 어깨 위를 돌아봤다.

예상치 못한 계절이 정말 오고 있었다.

가슴에서 사슴까지

어느날 내 가슴이 불타면 어쩌나.

내 사슴은 어쩌나.

깡마른 사슴. 비 맞는 사슴. 눈물 맺힌 사슴. 다리 부러진 사슴. 멍투성이 사슴. 땅에 파묻힌 사슴. 아빠 없는 사슴. 엄마 없는 사슴.

폐에 바닷물이 찬 사슴. 바다가 된 사슴. 자식 잃은 사슴.

집으로 돌아오는 늦은 밤, 어김없이 마중 나온 사슴. 폴 짝 내 가슴속으로 뛰어드는 사슴. 잠 못 드는 사슴, 때문에 점점 커지는 가슴. 점점 자라는 사슴이 사는 사람의 가슴.

온몸에 멍이 든 알몸의 네살배기 아이가 제 손을 과자처럼 선뜻 내민다. 사슴은 잘도 받아먹는다. 꽃잎보다도 작은 나뭇잎 한장 남김없이, 내 가슴팍에 앉아 사슴은 다 먹어치운다. 그렇다고 이 계절이 오는 걸 막을 수는 없다. 가는 걸 붙잡아놓을 수도 없다.

이 계절에 일어난 참혹한 사건으로 사슴은 태어났다. 누군가는 죽고, 사슴은 태어났다. 나는 죽은 이의 가슴을 사슴이라고 부른다.

사슴은 태어나자마자 눈 뜨고, 일어섰으며, 매일 나를 어디론가 데려가려 한다. 나는 그 여정을 가슴에서 사슴까지,

라고 한다.

　무너진 내 가슴에서 태어난 사슴 한마리가 자란다. 내 가슴은 사슴 따라 점점 커진다. 계속 커진다.

　어느날 가슴이 터지고 불타면 내 사슴을 어쩌나.

　한순간 구름처럼 하얀 재가 된 내 사슴을 어쩌나.

　사슴 한마리 사슴 두마리 사슴 세마리…… 아무리 백까지 백번을 헤아려도 잠이 오지 않는다.

오늘도 사과

날 한번도 만난 적 없이 떠나간 사람들에게
미안합니다, 잘해주지 못해서.

깊은 꿈을 꿨어요. 너무 깊어서, 눈을 떴는데 여전히 바
닷속이었어요. 깜짝 놀라 다시 눈을 감았어요. 나도 모르
게 뛰쳐나가려는 놀란 가슴을 손으로 눌렀어요. 내 몸은
이미 물이 됐는지, 가슴에 손이 빠져들었어요. 찬 심장을
거머쥐었어요. 손안에서 심장은 물처럼 흩어졌어요. 그때
내 손을 잡아주어서 고맙습니다.

깊은 꿈에서 깼어요. 야산에 묻힌 지 사년 지난 네살 아
이 시신은 결국 못 찾았어요. 얼마 전 실종된 일곱살 아이
는 끝내 시신으로 찾았어요. 온 산을 거머쥐고 있는 땅속
아이의 작은 손을 생각했어요. 그 손을 잡아주지 못해서
미안합니다.

내 머리를 모자처럼, 몸을 셔츠처럼, 다리를 바지처럼,
발을 구두처럼 공중에 벗어놓겠어요.

내 손을 손수건처럼 공중에 건네겠어요.

단 한번도 못 만나고 떠나보낸 이들에게 미안합니다.

단 한번도 잘해주지 못해서 미안합니다.

창문 속으로 빈방이 뛰어내리듯,

눈빛 속으로 사람이 뛰어내리듯,
오늘도 미안합니다. 그리고 고맙습니다.

흐르는 빈자리

내가 아직 만나지 못한 사람
누군지 모르는 네가 앉을 내 옆자리를
빈자리라고 말한다
그 자리를 앞서 자리한 빈자리라고 말한다

난 기억하게 된다 마침내
네 팔목에서 발이 돋아나도록 걷는 일
내 발목에서 손이 돋아나도록 기도한 일
가지 말라며 급히 손을 뻗지만
그만 내 다리에 걸려 네가 넘어진 일

오늘도 널 만나지 못했다
생면부지의 넌 여전히 내 빈자리다
우리가 나란히 걷는 날까지
서로의 겨드랑이에
서로의 뾰족한 어깨를 집어넣으며
서로를 악물고 돌아가는 톱니바퀴처럼 걷다가
하늘을 디디고 땅을 이게 될 때까지

분실된 수하물 가방 같은 안개의 지퍼가 벌어지고
속에 가득 담긴 엽서가 쏟아진다
곧 내게 벌어지게 되고 잊히게 되고
잊고 있게 되나 잊지 못한 기별들이 모두 다
오늘밤 먼 내일로부터 미리 쏟아져내린다

너는 내가 아직 한번도 말 건네지 못한 사람
그러나 지금까지의 네 이야기는 곧 모두 내 이야기
우리는 만난 적 없지만 만날 사람
만날 사람이므로 이미 만난 사람
여기 와 저길 봐 저 높은 곳을
지상에 그 사람들이 모두 모여 있다
세걸음마다 한번씩
눈 밑까지 금세 차오른 기억을 비우려 절하는 사람

팔짱을 끼자 어깨를 겯자 긴
담장이 되자 땅에 닿은 긴
네 머리카락이 내 머리에서 자라는 날까지

아직 만나지 못해 나와 너 사이
흐르는 강물처럼 빈자리가 흐른다
강 건너편 네가 물수제비 뜬
돌멩이들은 지금 다 어디 있을까
네가 울면 아마도 따라 울 돌멩이들
퐁당퐁당 수면을 튕기며 날아온
불면의 돌멩이들이 내 비좁은 몸속 기슭
오장육부로 고스란히 다 모여 있다

한밤에 새들이 베테랑 잠수부처럼
첨벙첨벙 하늘로 뛰어든다
하늘에 아직 가라앉아 있는 사람에게 뛰어든다
구름이라는 우주 전도(全道) 속을
한뼘도 안되는 시야 속을 새들이 날개로 더듬대며 난다

내 옆에 온통 어스름 자리한 빈자리
아직 만나지 못한 그 사람의 빈자리
멀리 물팔매 하는 그 사람의 빈자리
잊고 있었지만 잊지 못한 그 빈자리

매일 무너지려는 세상

세상은 매일 매 순간 무너지려 한다.
한순간도 천지사방은 시간을 견디지 못한다.
한순간에 무너지고 우주가 쏟아질 수 있다.

세상 모든 새들은
잿빛 댐처럼 우주를 가둔 하늘을 틀어막고 있다.
하늘이 터져 지상이 우주로 뒤덮이지 않도록,
새들은 일생 쉼 없이 우주가 흘러나오려 하는
제 몸피만큼 작은 바람구멍들을 계절마다
매일매일 시시각각 날아다니며 틀어막고 있다.

새들이 모두 잠든 밤이면
우주가 새어나와 지구가 침수되고
집들과 배들과 별들의 깨진 창문 같은 잔해가
둥둥 떠내려왔다가 떠내려간다, 떠내려가다가
흘러내려가다가 고인 곳, 봉분처럼 쌓인, 고인의 곳.

세상 모든 사람들은
잿빛 댐처럼 지구를 가둔 땅을 틀어막고 있다.

땅이 터져 우주가 지구로 뒤덮이지 않도록,
사람들은 일생 쉼 없이 지구가 흘러나오려 하는
제 발자국만큼 작은 땅구멍들을
매일매일 시시각각 발바닥 닳도록 서로 오가며 틀어막
고 있다.

엄마들은 자식이 죽었다는 소식을 전해 듣고
그 순간 한순간에 세상이 무너질까봐
그 자리에 곧바로 무너지듯 털썩 주저앉는다.
지구가 땅속 깊은 곳에서부터 폭발해 터져나오려는
그 순간 그 자리를 틀어막듯 주저앉는다.

단 한걸음도 더 내딛지 못할 순간이 왔다.
단 한방울도 남김없이 온 힘이 빠져나간 순간이 왔다.
이제 어떡하나, 엄마들 가슴 한가운데 난 구멍을.
당장 막지 않으면 금세 금 가고 갈라져 댐이 툭 터지듯
한순간 무너져내릴 텐데, 세상이 엄마로 다 잠길 텐데.
세상 모든 사람들 물살에 무릎이 부러지고
막지 못한 얼굴의 모든 구멍에서 온몸이 줄줄 다 흘러나

2 0

창비

베스트

1

8

www.changbi.com

창비 블로그 blog.changbi.com

facebook.com/changbi

twitter.com/changbi_books

창비학당 www.changbischool.com

경애의 마음

김금희 장편소설

신동엽문학상, 현대문학상, 젊은작가상 대상 수상작가 김금희의 첫번째 장편소설. '반도미싱'이라는 회사에서 서로의 연결고리를 알지 못한 채 팀장과 팀원으로 만나게 된 경애와 상수를 통해 무형의 '마음'에 대해 이야기해주는 작가 김금희의 문장에는 우리 모두의 마음을 고스란히 풀어놓은 것 같은 다정한 목소리가 담겨 있다.

2018년 출간 | 값 14,000원

뜻밖의 좋은 일

정혜윤 지음

세상을 살아가는 힘이 필요할 때 책은 빛나는 무기가 된다. CBS 라디오 프로듀서이자 독보적인 에세이스트 정혜윤이 '좋은 책'의 목록과 함께 전하는 '책에서 배우는 삶의 기술'을 통해 우리는 더 나은 세상, 더 아름다운 사람, '뜻밖의 좋은 일'을 발견하게 될 것이다.

2018년 출간 | 값 14,000원

로테, 바이마르에 오다

토마스 만 지음, 임홍배 옮김

독일 문학의 거장 토마스 만의 망명기 대표작. 『젊은 베르터의 고뇌』의 '로테'가 44년 뒤 바이마르를 방문해 괴테와 재회한 실화를 바탕으로, 괴테의 인간상과 문학세계를 깊이 파고든다. 묵직한 주제를 유려하게 풀어내는 대가의 솜씨가 빛나는 '가장 완벽한 작품'.

2017년 출간 | 값 15,000원

올 텐데.

　이렇게 오랫동안 기적을 기다리며
　매 순간 무너지려는 길의 틈새를
　매 순간 무너지려는 공중의 틈새를
　천지사방을 이 시간을 온몸으로 막으려
　죽어서도 그들은 여기에 서 있다.

마중 왔던 아이들

오늘 이 시간은 세상의 아이들이 왜 점점 줄어드는지에 대해서 생각해봅니다.

오늘도 아이들이 마중 나왔습니다. 우주복에 몸을 맞춰 작디작게 웅크린 아이들이, 자궁을 껴입고 밤낮으로 시간 여행 끝에 먼 훗날로부터 우리를 마중 나왔습니다. 오랜 전통입니다.

아이들의 아이들이, 이 아이들을 마중 나올 때까지 수십 년간 우리는 함께 가려 합니다. 마중 온 아이들은 만나자 마자 울음을 터뜨립니다. 미안해,

미안해, 우리는 아직 일어나지 않은 일에 대해 미리 사과합니다.

아이가 온 먼 공동체의 일들이 잊히기 전에 물어보려 합니다.

밤새 우는 아이여, 만나자마자 목 놓아 우는 이유가 이 제부터 차차 다가올 참혹을 이미 다 알기 때문인지, 하필 지금 우리의 시간으로 오게 된 당혹 때문인지.

마중 나온 봄이, 우리의 손을 놓고 먼저 가버립니다. 여름 가을 겨울이, 바람 새 꽃이 그리고 오늘이 마중 왔다가 먼저 가버립니다.

마중 온 아이들이 먼저 가버립니다. 어느날 한순간에 흠뻑 젖어버린 아이들의 손을 우리는 미끄러운 물고기처럼 놓치고 맙니다. 아이들이 두고 간 소금가마니 같은 시간을, 당나귀처럼 우리는 지고 갑니다.

마중 왔다가 먼저 날아가버린 세상 새들의 여생이 쌓여, 남겨진 텅 빈 하늘은 높아집니다. 죽은 새들이 미처 다 날지 못한 거리만큼, 매 순간 우주는 팽창하고 하늘은 둥글고 드넓어집니다.

새가 다만 새를 찾아 떠나고, 마중 왔던 아이들은 다만 마중 올 아이들을 만나러 서둘러 떠난 것입니다. 아이들은 원래 있던 아이들의 시간으로 돌아갔습니다.

다시는 이곳으로 오지 않을 것입니다.

우리 산 들 바다 하늘 사이

대학병원 인큐베이터에서 일생을 보낸 아기들이 얼음 덩이 같은 작고 하얀 관에 담겼다.

잔잔히 흐르던 하늘이 폭포처럼 쏟아져 구름이 되고, 지상에 뚝뚝 떨어진 흰 구름 속에 아기들이 담겼다.

저글링 하던 해와 달은 단 한번도 놓친 적 없는 바람이 철새떼를 타고, 꽝꽝 언 하늘을 무심히 지나간다.

해와 달을 안 놓치려 수없이 떨어뜨린 아이들의 목숨.

해와 달을 매일 다 내던지고, 이미 떨어진 작고 둥근 몸을 붙잡으려 땅 위를 뒹구는 사람들.

사람으로 태어나는 건 수습 귀신으로 일생을 산다는 것.

아이가 누워 있던 자리를 한줌 허공으로 움켜쥔 부모는 그 사실을 알게 된다.

고된 수습을 마치고 일생이 지나면 잠시 눈물이 되었다가 허공이 되었다가 공기가 되었다가, 가장 마지막에 산 들 바다가 된다.

산 들 바다는 최고령 귀신이다.

죽으면 풍경처럼 그 무엇보다 선명히 눈에 보이게 된다.

다 가고 아무도 없어도, 풍경은 우리를 가엾게 바라보고
있다.

우리가 때마다 술병 들고 산 들 바다를 찾는 이유다.

여객기가 아이들이 탄 썰매처럼 구름 위로 미끄러진다.

삼각편대를 이룬 철새떼가 쇄빙선처럼 구름을 부수며
간다.

무지개가 무덤처럼 그 위를 덮고 있다.

우리 죽은들 산 들 바다 하늘 사이에 있다.

우리 모두 산 들 바다 하늘 사이에 있다.

지구를 끌어안다가 가슴이 꿰뚫린 하늘

공중이 우주로 날아가지 않도록
공중의 끝자락에 무수히 꽂아둔 나뭇가지들
공중과 가지 사이 실밥처럼 불거진 꽃들
공중에 나무들이 쏘아올린 공처럼 치솟는 새들

새들은 까마득한 공중에 난 검은 구멍이다.
그 구멍으로 검고 깊은 우주가 들여다보인다.

새는 지구를 끌어안다가 가슴이 꿰뚫린 하늘의 구멍이다.
새의 깃털은 하나하나 깊은 주름이다.
새 한마리가 여자의 정수리 위를 맴돈다.

한 여자가 공중에 난 구멍을 올려다본다.
한 아이가 공중에 난 구멍을 내려다본다.
새의 그림자 같은 검고 희미한 얼굴빛의 여자를
한 아이가 공중에 난 구멍으로 오래도록 들여다본다.

지구를 덮은
하늘에 수십억개의 구멍이 나 있다.

끝내 버려진 지구에 나 혼자 누운 꿈

끝내, 일그러지는 얼굴 둥글어지는 어깨 흐르는 눈물 거둔 손길 파란 입술 내디딘 발 구부러진 무릎 떠내려간 몸 살아서는 볼 수 없는 얼굴 떠내려간 마음 살아서도 볼 수 없는 얼굴 어디에도 없는 얼굴 들을 수 없는 목소리 오는 봄비 가는 저녁 오는 새벽 가는 계절 누울 수도 앉을 수도 설 수도 걸을 수도 뛰쳐나갈 수도 없는 꿈 새들이 비를 피해 짧은 처마 같은 내 눈썹 밑으로 날아들어와 꾸는 꿈 별들이 내 눈 실핏줄 위에 줄줄이 빗방울처럼 앉아 꾸는 꿈 비처럼 창틀을 넘어 들어온 고양이가 꾸는 꿈 집안 곳곳만 떠돌다가 버려진 의자가 꾸는 꿈 한밤에 북극여우와 사막여우가 만나 한날한시 갑판 밑에 숨어들어 우주로 밀항하며 꾸는 꿈 모두가 지구를 떠나고 버려진 지구에 나 혼자 누운 꿈 잠 없이도 꿈을 꾸는 밤 희생자들이 위선(緯線)과 경선(經線)을 싹 다 걷어 허리와 어깨에 전선처럼 칭칭 감고 줄줄이 정전된 지구를 다 떠나는 밤.

외계인이 우리 가정을 지켜냈어요

화장실은 우주처럼 어둡다. 우주 속에서 나는 두개의 시간이 끌어안으며 발생한 차이를 메꾸려고 부득불 끼워진 돌멩이 같은 존재다. 우주전쟁이 끝나자마자 나는 땅바닥에 떨어져 뒹굴다가 발길에 차였다. 벽으로 내던져지고 잘린 나무토막처럼 뒹굴었다. 이런 감정은 처음인데, 이 또한 우주라는 인생을 배우는 과정일까. 아직도 나는 여생을 생각한다. 생에 대한 아쉬움조차 가져보지 못한 나이라는 것이 혹시 아쉬운가. 모르겠다. 눈이 감긴다. 그때다. 그토록 찬란하고 밝은 검은 빛은 영원처럼 아득했던 몇년간의 평생에 처음이다. 화장실 거울로 형광등 빛처럼 고요히 통과한 비행접시에서 호빵처럼 김이 모락모락 나는 외계인이 하선했다. 내가 산 지난 몇년은 들어보니, 외계인의 행성에서는 몇억광년에 상당하는 시간이다. 내가 태어나자마자 바로 출발했다는 외계인은 피곤해 보였고, 내 가슴팍에 안긴 무릎 정도의 키였다. 마치 맹금류처럼 등 뒤에서 천천히 펼쳐든 손은 독수리 날개만큼 컸다. 외계인은 커다란 손으로 내 머리를 말없이 한참 쓰다듬었다. 낡은 손수건처럼 해진 손으로 내 얼굴에, 내 몸에 묻은 푸른 멍을 문질러 닦았다. 그게 내 몸을 백지 삼은 필담이었다는 걸 나는 알아챘다. 오래 기다리느라, 수고 많았어. 역시 여기는 우주보다 춥고, 심지어 어느 우주보다 춥다는 우리 행성보다 춥구나. 나랑 가자. 사실 너는 외계인이야. 구제불능의 인간이 아니야. 그래서 구제하러 왔어. 태생의 비밀이 밝혀진 나는 타월처럼 커다랗고 하얗고 손금도 없는 외계인의 손에 태아처럼 안겼다. 반가워. 나는 외계인으로 밝혀진 후 처음 만난 외계인에게 인사를 했다. 자 타자. 우리는 야산 기슭에 땅을 파서 만든 욕조에 올라탔다. 욕조 형태의 우주선이었다. 한숨 자면 우리 별에 착륙하게 될 거야. 동족들이 우릴 마중 나올 거야. 레고 태양을 싸이렌처럼 번쩍번쩍 울리며.

애도 일기

잠든 사이 지구상에서 또 몇명이나 떠났을까.
내 가슴으로 뛰어드는 아파트 이십층의 공중.
공중에서 날개를 베고 잠든 새처럼 밤을 보내고
오늘로 뛰어들어 뚜벅뚜벅 걷고 있는데
눈앞에 파지처럼 공중이 구겨지기 시작했다.
한쪽이 뾰족하게 불거지다가 옷이 툭 터지듯
공중에 구멍이 뚫렸다.
공기가 실오라기처럼 풀리며 바람이 불고
산들바람 사이로 나뭇가지가 펜촉처럼 불거지고
붉은 낙엽들이 줄줄 새어나왔다.
계절이 바뀌고 잉크가 다 마르도록
나뭇가지는 내 이름을 공중에 썼다.
백지처럼 바스락거리는 환절기 공기에
풍경에 도배된 한장의 바람에
천천히 망설임 없이 내 이름을 썼다.
그리고 일기장의 마지막 문장에 찍힌 구두점처럼
멀어지는 작고 까만 뒤통수.
나를 위해 기도하는 말더듬이 우주인.
내 몸은, 지구를 관람하다가 그만 어쩔 도리 없이

슬픔에 잠긴 우주인이 쓴 일기장.

표지처럼 내 몸을 감싼 공기를 오늘 나는 만진다.

내 살갗과 옷 사이의 얇고 엷은 공기를.

내가 일생 입고 있는 공기를.

우리가 우리도 모르게

옆사람과 돌려 입고 돌려 읽은 공기를.

살갗과 옷 사이의 공기를 우리는 알몸으로 만진다.

자식 잃고 부모 잃고 울고 있는 몸의 리듬으로 만진다.

살갗과 옷 사이로 온종일 흐르는 울음으로 만진다.

지금도 몸과 옷 사이

첨단의 얇은 공기층을 나는 껴입고 있다.

그 공기층은 구름과 함께 건조된 우주선이다.

나를 나의 우주로 되돌려 보내줄 우주선

대대손손 물려 입고 물려 읽고 간다.

말줄임표로 가득 찬 말풍선을 배기구로 뿜어내며 간다.

* 롤랑 바르뜨 『애도 일기』 제목 차용.

일어서다, 그리고 가다

　존재하나 만질 수는 없다. 지상의 누구든 어디든 닿자마자 순식간에 신기루처럼 녹는 하얀 눈발이 물고기 비늘처럼 온몸에 뒤덮인 사월의 공중을 그려본다. 사월의 모든 햇빛. 햇빛의 끝에 달린 미늘에 눈송이 하나씩 끼워지고, 땅과 바다에 드리워지고, 그걸 덥석 삼킨 물고기처럼, 마른 웅덩이 같은 방 안에서 뒤척이던 사람을 생각해본다. 온몸을 들썩이며 하늘로 끌려올라가는 사람을 안다. 사월의 눈이라면 그럴 수 있다. 하늘로 끌려올라간 유빙 같은 마음들이 바람의 모서리에 깎여 눈이 되어 내려와, 잘린 생일케이크 같은 집들 아래 식탁보처럼 깔리고, 방과 후 아이들이 둥글게 뭉치고, 넘어진 눈사람을 일으켜 세우고, 자식 없이도 엄마라는 이름은 남아, 엄마는 털실뭉치 같은 눈사람을 풀어 세상에서 가장 따뜻하고 기왕이면 물에도 젖지 않는 스웨터를 짜고, 산과 들과 바다에 띄우자, 맨몸의 기억이 그걸 입고 다녀오겠습니다 등교하듯, 봄빛에 꿰어 올라가다. 누구든 어디든 닿자마자 순식간에 봄눈처럼 녹아버릴 몸이라, 한번 안아보지 못하고, 움직이면 공기처럼 흩어질까 눈 깜짝도 못하고, 눈사람처럼 얼어붙은 엄마들. 털실처럼 눈물이 줄줄 풀리는 엄마들. 점점 작아지는 엄마들.

　손금도 아직 없는 작은 손처럼
　우주에서 가장 작고 하얀 발처럼
　눈발이 내리다.
　갓난아기처럼 한줌 공중이
　눈발로 땅을 짚고 엉금엉금 품으로 기어오다,
　일어서다, 그리고 가다.

다녀가다

차갑다, 옆자리가. 아스파라거스 새파란. 누가 다녀갔다,
재채기처럼 순식간에 분명히. 왔다, 몇해를 걸어서. 앉았
다 갔다, 창문을 내다본 사이. 이제 같이 살지 않겠냐고. 찾
아왔다, 죽은 후 몇해간 묻고 물어 걷고 걸어. 몰래 다녀갔
다, 죽기 살기로 찾아와놓고. 한번 떼써보지도 않고, 이제
같이 살지 않겠냐며. 높이 저 높이 던져 올린 토마토가 떨
어져 막 정오를 무심히 지나치는 시곗바늘에 꽂혔다, 자전
거에 앉아 고개 드니. 서서히 미끄러져 내려온다, 방금 전
일어난 안장의 체온이 천천히 식어가는 속도로 분침에 말
끔히 잘린 하루해의 절반이. 그사이 다녀갔다, 누가 감쪽
같이. 빈 밥상만 덩그러니 남겨놓고, 주인 없는 생일날. 밥
상 아래로 갔다, 다 식은 미역국이 얼음처럼 얼도록. 내 무
릎에 앉았던 아주 작은 아이가, 아이가 타고 온 공기가. 땅
위에서 죽듯, 새가 결국. 공중에 묻히듯, 나무가 마지막에.
그냥 가지 않았다, 스쳐가듯 다녀갔다. 나보다 조금 먼저
갔다, 몇해 전에. 일교차 사이로 다녀갔다, 고인의 방 안팎,
밤낮 사이로. 무심결에 고개 돌리다가 마주쳤다, 아스파라
거스 새파란 행운목 한토막에 걸터앉은 꽃. 번번이 몰래
다녀가려던 꽃을 만났다, 꽃의 실수로. 기왕 만난 거 꽃 피

듯 잠깐씩 매년 같이 살지 않겠냐는 물음, 내 기억 속 헤아
릴 수 없는 꽃이 눈앞에서. 마음만이 몇십년쯤 앞선다, 여
기 없는 몸보다.

불어가다

그해 그는 바람이 되었습니다.

그해 나는 바람의 한가운데 있었습니다.

내가 지금껏 전국 곳곳에 떨어뜨린 머리카락들이 밤마다 한데 모여 바람이 되었습니다.

바람이 되어 다시 길어지는 내 머리카락 끝에 부딪쳤습니다.

첩첩산중 키 작은 나무 한그루, 이파리 한잎의 그늘이 되었습니다.

밤새 불어나 더 세차게 흘러가는 물결이 되었습니다.

바람이 얼굴에 부딪치는 건 내가 불어가고 있다는 것입니다.

사실은 세상의 첫날부터 바람은, 지금껏 우두커니 그 자리에 그대로 서 있는 공중이 입은 옷깃으로 항시 멈춰 있었습니다.

그 바람이 몸에 부딪치는 건 바람이 아니라 내가 불어가고 있다는 것입니다.

바람이 머리카락에, 얼굴에, 목덜미에, 손등에 스치는 건 내가 아주 빠르게 불어가고 있다는 것입니다.

내 마음은 그날의 바람처럼 붙박여 있는데, 내 몸은 걷
잡을 수 없는 속도로 불어가고 있습니다.

바위 같은 바람에 쓸리고 부딪치며 온몸이 불어갑니다.
머리카락이 길어지며 불어갑니다. 손톱이 길어지며 불어
갑니다. 내가 불어가고 있는 모습들입니다.

바람에 어깨를 부딪치며 나무들이 불어갑니다.

뒤도 안 돌아보고 새들을 퉤퉤 뱉어가며 불어갑니다.

그해에는 함께 가던 그가 바람처럼 완전히 멈췄습니다.

그해부터 함께 가던 그가 바람처럼 매 순간 내게 부딪쳐
옵니다.

그 때문에 내 몸이 이 순간에도 불어간다는 것을 압니다.

우리의 얼굴

우리의 얼굴을 이야기하려면
등을 이야기 안할 수 없겠습니다.
뒤돌아서서 멀어져가는 상대의 등을
응시할 때,
우리의 얼굴은 비로소 완전히
정직해지기 때문입니다.
우리의 얼굴이 이 계절 한장의 잎이라면
그 뿌리는 두 다리도 배꼽도 가슴도 아니라
등에 묻혀 있습니다.
등에 뿌리내리고 있습니다. 언제나 나는
돌아가는 내 등을 바라보는 너의 솔직한 얼굴이
궁금했습니다. 너의 첫 눈빛은
내 등 위로 홀씨처럼 날아와
내 등 속에 뿌리내리고
내 목을 곧게 뻗어올려
내 얼굴을 피우고 표정을 뿜어냈습니다.
내 얼굴 위에 벌과 나비와
마땅한 이름 없는 날벌레처럼
눈 코 입 귀가 날아와 앉았습니다.

그리고 잠시, 사람의 시간으로는 평생을
앉았다가 날아갑니다.
눈 코 입 귀가 날아가는 곳은
길섶 철쭉 같은 불길 속입니다.
내 얇은 얼굴로는 다 못 받은 너의 슬픔이
번번이 넘칠 때마다
우리는 등을 맞대고 울었습니다.
울컥 흘러넘친 얼굴을 들키고 싶지 않아
대신 등을 얼굴처럼 맞대고 비비며 울었습니다.
사월이 지나면
너의 눈빛이 피운 내 얼굴도 어둡게 저물 것입니다.

누군가에게

저 깊은 바다로 사람만 한 물고기가
눈썹도 없는 뜬눈으로 헤엄쳐 들어간다.
미안하고 또 미안하게도,
깊은 바다에 잠긴 구름은 파도가 되어 다시는 잡아올 수
없다.
희게 센 눈썹인 구름 아래, 파란 동공 속으로
오늘도 제트기가 비행운을 그으며 떨어진다.

누가 쏘았을까, 누가 명중에 성공했을까.
오늘도, 산 자든 죽은 자든 기적처럼
기어이 과녁을 명중하는 데 성공한 이가 꼭 한사람은 있
는 것이다.
쏘아볼수록 그저 눈물만 나는, 해와 달이라는 그 과녁.
시간을 뾰족하게 깎아 시위를 당겼던 그 과녁.

보이다가 보이지 않는 것들.
하늘이라는 구멍으로 매일 대기 밖으로 빠져나가는 것들.
아침저녁으로 수박처럼 깨진 해와 감자처럼 으깨진 달.

온종일 밖에 갇힌 햇빛은
누군가의 비좁은 그늘로 끝내 새어들지 못한다.
폭우가 검은 바닷물처럼 창문을 삼키는 밤.
꿈이란, 삶의 한구석에 놓인 침대.
침대는, 밤새 울기 위해 누군가가 들인 것.

오늘은 눈썹도 없는 개구리가 새벽까지 우는 날.
개구리 따라 밤새 울며 눈썹까지 다 밀어버린 누군가에
게 말한다.
이제 세월은 아이스크림처럼 차갑게 부풀었어.
우리는 기억이 화단으로 붉게 다 녹아내리기 전에
양손으로 양껏 아이스크림을 떠먹어야 해.

목소리들

걷는다.
폭우 속을.

나무젓가락처럼 부러질 듯 휘청이는 깡마른 두 다리로,
번번이 미끄러지는 젖은 지구를 밤새 집어올리려는 듯.

나를 불렀던 목소리들 모두 모이면
빗소리.
빗소리 속을 걷는다.

빗물이 창문마다 깊은 주름을 만들고,
폭우 밖으로 웃자라 바람에 부러진 빗줄기가 젖은 나무
젓가락처럼 식탁 모서리에 놓여 있다.

식탁 가득 날것의 생생한 목소리들이 차려져 있다.
나를 불렀던 목소리들은 모조리 찍히고 꺾이고 부러져
있다.

너무 뜨거워 일어나면 침대 밑에 나를 불렀던 목소리들

이, 쪼개진 장작처럼 가득 쌓여 불타고 있다.

이미 흠뻑 젖은 폭우 위로 쏟아지는 폭우.

내 귀까지 완전히 잠기도록 비가 온다.
날 불렀던 모든 목소리들이 밤새 온다.
잠처럼 모르는 새 온다.

잠결에 빗소리를 들었다.
그날 등 뒤에서 나를 부르던 소리.
돌아본다.
우산 하나만 눈앞에 떠 있다.

내가 가진 적 있는 목소리들이 동시에 들려온다.
바람 소리.

떠난 사람들의 목소리가 모두 뒤섞여 밀려온다.
내 발등에서 엎어지는 파도 소리.

바다에 비가 온다.

나를 부르고, 그리고 꾹 다문 창백한 입술처럼 바다와 하늘이 달라붙어 있다.

바다보다 더 큰 바다가 하늘과 땅 사이에 흐르고 있다.

그 바다에서 나를 불렀던 목소리들이 동시에 울리면 구름이 흔들리는 소리.

돌아가는 차창을 구름이 통과한다.

창문에서 죽다

창문을 만졌는데 차갑다.
내 손은 아직 창문보다 따뜻하다.

지구만 한 파도로 떠밀어도, 무쇠 의자로 내리쳐도, 이
마로 들이받고, 두 주먹으로 내질러도
창문을 깨뜨릴 수 없다.
창문은 촛불로 녹일 수 있다.
창문은 양초처럼 불붙이면 훅, 불어 끌 수 있다.

창문은 죽은 이의 생일케이크처럼 자를 수 없다.
매일 우주만 한 해머처럼 떨어지는 해와 달로 내리쳐도,
빗줄기로 휘갈기고, 칼바람을 휘둘러도
창문을 깨뜨릴 수 없다.
창문에 입김을 불고 죽은 이의 이름을 향년의 햇수만큼
쓰면, 창문을 녹일 수 있다.

오늘도 창문에서 사는
아이를 태웠던 철제 자전거는, 그 녹슨 자전거가 기대어
진 플라타너스는, 그 옆 흙투성이 눈사람은, 그 옆 눈사람

이 밤사이 낳은 새하얀 새끼 고양이는, 그 옆 방학을 맞은 아이들은 언제든 마음만 먹으면 창문을 녹이거나 깨뜨리지 않아도 창문을 떠날 수 있다.

나는 창문을 벗어날 수 없다.

수세기 동안 세계를 떠다닌 유빙처럼, 창문은 아직 내 손보다 차갑다.

내 손이 서서히 주름져 다 녹아도, 창문은 녹지 않고 떠돈다.

나는 녹지도 깨지지도 않는 창문을 몸에 끼고 산다.

창문에 숨을 불어넣어도 아무도 살아나지 않은 채 눈앞만 흐려지듯, 죽은 이가 내 두 눈에 숨을 불어넣는지 눈이 어둑해진다.

전에 없이 절박한 힘을 실은 돌멩이가 날아들어 내 두 눈이 와장창 깨지면, 내 기억 속에서 구해야 할 목숨들이 모두 무사히 뛰어내릴 것이다.

나는 언 창문에 입김을 불고, 모종삽으로 파낸다.

검은 창을 맨손으로 한줌 흙처럼 움켜잡고 파낸다.

창은 검게 일렁이는 물처럼 손에 잡히지 않고, 손금에 희박하게 흐른다.

창문은 아무런 소리도 통과시키지 않는 확성기다.
내 몸 안으로만 울음을 키우는 확성기다.
익사 직전의 사람이 잠시 수면 밖으로 간신히 입술을 내밀듯, 나는 창문 속에 잠겨, 검게 일렁이는 창문 밖으로 입술을 내민다.

창문에 댄 입술이 차갑다.
창문에 댄 이마가 차갑다.
내 입술은 아직 창문보다 따뜻하다.
내 이마는 아직 창문만큼 차갑지 않다.
창문에서 나는 서서히 녹아 사라져간다.

자는 사람 작은 사람 뛰는 사람
하청 근로자

1

그는 작아진다. 점점. 저녁이면 신발 속에 쏙 들어갈 정도로 작아진다. 비스듬히 서서 하늘을 올려다보면 지구와 꼭 같은 기울기, 지구의 원심력도 작용하지 않는다. 그래서 크지 않는다. 점점. 그는 작아진다.

그는 어제 잠깐 흘린 눈물만 모아도 오늘 몸을 씻을 수 있을 정도로 하루가 다르게 작아진다. 높은 곳에서 떨어져도 먼지처럼 작아진 그는 바람에 부유할 뿐, 자신을 파괴할 만큼의 몸무게가 없다.

그가 작아지는 게 아니다. 세상이 한없이 커졌던 거다. 잘 차려진 저녁 식탁은 절벽처럼 높아졌다. 눈물 한방울이 침대만 해졌다.

2

그는 태어나고 기고, 일어서고 걷고, 이윽고 뛸 수 있게 되면서 한순간도 뛰는 것을 멈춘 적이 없다. 항상 뛴다. 바람이 그를 사탕처럼 녹여 먹는다. 뛰면서 점점 작아진다.

그는 매일 꿈속에서도, 뛰어간다. 이봐 친구, 여태 그렇게 뛰어가나? 글쎄, 글쎄, 가쁜 숨만 내뱉는다. 그런데, 그

46

럼에도 불구하고, 그러다 그는 이제 고인이라는 생의 실직
자가 되었다.

　　3
　　태어나는 순간부터 작아지는 사람. 태어나는 순간이 그
나마 가장 컸던 사람. 자면서도 작아지는 사람. 작은 사람
은 뛰는 사람. 쉼 없이 뛰면서 공기에 녹아 작아지는 사람.
컵라면도 못 먹고, 작은 사람은 꿈속에서도 뛰면서 자는
사람. 잠깐 자고 일어날 때마다 물속 같은 꿈속에서, 몸이
비누처럼 녹아 확연히 작아져 있는 사람. 어느덧 여기에
없는 사람.
　　세상은, 어느 곳이든, 언제 거기에 서 있든
　　그곳은, 그 순간부터 가장자리라는 걸 보여준 사람.
　　길섶 전신주 사이 전선처럼
　　내 뼈와 뼈 사이에 핏줄을 설치하고
　　두 눈을 꾹 눌러 빨간 전기를 흐르게 하고
　　먼저 퇴근한, 사람.

최선을 다해 하루 한번 율동공원 돌기

아버지 공원이라도 좀 도세요.
어머니도 이제 건강을 생각하세요.
나는 최선을 다하고 있다.
네가 생각하는 것보다 훨씬 더.
네 어머니를 신경 써라, 우울증이다.

어머니는 아무 말 없이 설거지를 했고
아버지는 최선을 다해 부엌으로 걸어가
어머니의 이마에 입맞춤했다.
천천히, 천천히, 천천히 그리고 오래도록.
보석함 속의 청혼 반지.
아버지는 푸른 옥빛 상자를 열듯
주름 사이로 손가락을 넣어 어머니 이마를 열고
누런 금반지를 꺼내 내게 건넸다.

봐라, 나는 최선을 다하고 있다.
건강을 위해, 네가 생각하는 것보다 훨씬 더.

이 지구에서, 나는 최선을 다하고 있다.

오늘도 지구라는 고장난 낙하산이
우주의 길바닥에 터진 풍선처럼 떨어져 있다.
육지라는 커다란 구멍이 뚫린 채, 남은
온통 찢기고 터지고 해진 바다가 바람에 너울져 철썩철
썩 나부꼈다.
육지라는 캄캄한 구멍이 뚫린 채, 고장난
지구라는 낙하산을 메고 태양계에 불시착한 사람으로서
나는 최선을 다하고 있다.
이 육지에서, 네가 생각하는 것보다 훨씬 더.

공원에는 웃자 웃자 역기를 들거나
공중에 어깨를 동여매고
호수를 공전하다가 불시착한 사람들뿐이었다.
그 사람들은 한결같이 말했다.
나는 최선을 다하고 있다.
내가 생각하는 것보다 훨씬 더.

평일의 대공원 1
나라는 계단

그와 함께 디뎠던 계단들을 모아 끼워 맞추면, 내 몸이
된다.

햇볕을 쬐며 가만히 앉아 있으면, 내 무릎을 밟고, 내 어
깨를 밟고, 죽은 이들이 줄줄이 나무로 올라간다.

지구상의 모든 것들, 제각기 다른 시간에 밟고 오르도록
매년 사방으로 난 나뭇잎들은, 세상에서 가장 완벽한 계단
의 형상이다.

바람 분다,

나무 한그루에 난 무수한 계단들이 흔들린다.

죽은 이들이 오르며 허물어뜨린 녹슨 계단들.

긴 길에 낙엽들이 붉은 양탄자처럼 깔려 있다.

발밑에 폭신하게 쌓인 죽음들, 썩어가는 겹겹의 계단들,
세상에서 가장 완벽한 철거.

내 어깨에 내려앉은 낙엽 한장.

넘어져도 물구나무서도 여태 내 어깨에 달라붙어, 썩어
가고 스며드는 손들에 대한 기억.

햇볕을 쬐며 잠시 숨 고르며 앉아 있으면, 내 무릎과 어깨를 밟고 누가 올라간다.

어디로 올라가는지 언제 다시 내려올 건지 묻지 않기로 한다.

나는 낙엽을 밟고는 아무 데도 가지 않기로 한다.

고된 노동자처럼 밤낮이 내 어깨와 무릎을 밟고 지붕을 오르내린다.

내 무릎 관절 속에서 새가 우는 계절이다.

내 눈썹에 새들이 둥지를 틀고 알을 낳는 계절이다.

그래서 나는 내 어깨가 흔들릴까봐, 바람 불어도 울지도 않고 가만히 앉아 있다.

평일의 대공원 2
우리의 키 차이가 지구를 굴린다.

나는 보인다고 했고
그녀는 안 보인다고 했다.
나란히 걷다가 나무 그늘 아래 서 있다.

내 가슴팍을 짚은 손바닥처럼, 달라붙은 햇볕.
그 햇볕이 그녀의 붉게 단 뺨을 어루만졌다.
내가 손차양을 만들어 건네도
그녀는 손사래 치며 받지 않았다.

나는 그녀보다 키가 꼭 이십 센티미터 크다.
높은 구름을 다람쥐처럼 타넘는 경비행기를 좀 보라고
했고
그녀는 아무것도 안 보인다고 했다.
다시 걷다가 갑자기 멈춰 서서
구름 밑으로 추락하는 저것이 그것이 아니냐고
저기 좀 보라며, 그녀가 손가락으로 가리키는 곳에서
나는 아무것도 보지 못했다.

그녀는 나보다 키가 꼭 이십 센티미터 작다.

우리 안, 높은 나무 우듬지에 매달린 원숭이 뒤통수에
혹처럼 달라붙은 아기 원숭이의 자두만 한 머리를
잠이 가득 든 작디작은 머리를
좀 보라고 했고, 몇번이나 까치발을 하던 그녀는
안 보인다고 어지럽다고 했다.

손바닥만큼 비좁은 정오의 그늘 아래로 그녀를 데리고
들어가
손바닥만큼 커다란 감잎 사이에서 마지막까지 매달린
주먹만 한 붉은 홍시 하나가 보이는지 물었고
그런 게 대체 어디 있냐며 그녀는 고개를 절레절레 흔들
었다.

내 손으로 꼭 한뼘쯤
나보다 키가 작은 그녀는, 말했다.
이제 정말 네 아버지를 다시는 볼 수 없을 거라고,
화상터에 함께 다녀온 그날로부터 삼년째 확언했다.
그 어느날, 자고 일어났을 때
키가 한뼘쯤 자라는 일이 없다면.

그런 일이 없다면.

이제

그런 일은 없다고.

삼년간 단 한번도 없지 않았냐고.

어떻게 봤는지 그녀는

어느새 내 앞으로 다가와 그만 울라고 했다.

아까부터 나는 들키지 않으려

그녀의 얼굴도 못 쳐다보고

성긴 흰 머리카락 사이로 훤히 들여다보이는

살얼음처럼 옅은 땀이 배어난 그녀의 정수리만 보고

있다.

나는 안 보인다고 했고

그녀는 보인다고 했다.

우리의 키 차이는 꼭 한뼘이다.

그 한뼘 사이에 쇠털 같은 손금이 가득하다.

기습 폭설

기습적으로 우는 사람이 있다.
걷다가 뾰족한 공기에 눈동자가 찔려 툭 풍선처럼 터지듯.
나는 울지도 않았는데 내 소매가 다 젖었다.
사월 망자의 미역국을 뜨는데 눈이 왔다. 기습적으로
폭설이었다. 미역국을 뜬 국자가 공중에서 식어가는
사이
미역국이 식어가는 사이
그 많은 눈이 다 내렸고 내리자마자 다 녹았다.
눈길을 걷지도 않았는데 미역국을 뜨고 있었는데
내 바짓단이 다 젖었다.

길게 에두른 이별의 말을 끝마치고 마지막으로 안아보려
두 팔을 뻗자 기습적으로 폭설이 왔다.
우리 사이에 폭설이 불쑥 끼어들었다.
우리는 두 팔을 뻗은 채 엉거주춤 서 있다가
우리 사이에 일어난 많은 지난 일들처럼 쏟아지는
폭설을 안을 수밖에 없었다.
나와 폭설과 너는 그렇게 삼각관계다.
이제 어느 하나를 배제할 수 없다.

한평생 떠나보낸 망자들을 다 태운 것만큼 만원인
버스가 소녀를 치받기 직전에 울린 긴 경적.
경적이 멈출 때까지 몇초간, 놀란 소녀 머리 위로 폭설
이 왔다.
폭설의 무게가 어마어마해서 그만 허리가 노파처럼 굽
어버린
소녀는, 그 순간에 여생을 마저 다 살고 나서
기꺼이 버스에 입석으로 목숨을 실었다.

아버지 영정에 절을 하자 폭설이 왔다.
폭설을 뚫고 가로질러 가면,
시신 덮은 흰 천 같은 폭설을 걷어차며 넘어졌다가
일어서며 폭설의 끝단까지, 계속 끝까지 가면
그가 있는 곳에 가 닿겠지만
폭설은 절대로 그 의지의 시간을 허락하지 않고
기습적으로 순식간에 다녀갔다.
폭설이 다 내리는 동안 나는 한잔의 술을 따르고
다 녹는 동안 두번의 절을 겨우 마쳤다.

꽃 피듯 눈사람들은 매년 내게로, 꽃보다 먼저 다시 온다.

작년에 왔던 그 눈사람들은 아니다.

길 곳곳에서 눈사람들이 일어선다.

하늘에서 투신한 후

아이들의 빨갛게 언 작은 손을 붙잡고 일어선 눈사람들
이다.

까마득히 높은 곳에서 뛰어내려 착지하느라

두 다리가 하나같이 땅속에 박혀 있다.

눈사람의 다리만큼은 흙으로 빚어졌다.

머리 몸통 다 녹아도 두 팔은 바람 속에 남고

두 다리는 땅속에 남아 일년간 지구를 굴려간다.

활짝 핀 눈사람의 피부가 햇볕에 녹아내리는 것은

꽃들이 녹아 흐르는 것과 같은 자연의 원리다.

무심코 지나치는 사람들 속에서

늙어가는 사람처럼, 점점 녹아 작아진 눈사람과 눈 맞추
는 사람은

못 잊는 게 많은 사람이다. 잊을 게 많은 사람이다.

희생된 사람은 사철 기습 폭설로 펑펑 내린다.

당신의 가족도 밤낮 기습 폭설로 펑펑 내린다.

울음주머니가 툭 터지듯, 기습 폭설이 내린다면

빈 지갑 같은 내 울음주머니도 떨어져내린다면

봄볕이 깊숙이 들어오는 버스 맨 뒷좌석에 놓고 내린다면

그걸 누군가 망설이다 주워간다면

지갑이 텅 비어, 빈 지갑이라 차마 돌려주지도 못하고 있다면

모르는 나를 대신해 내 몫의 울음까지 다 채워야 하는

누군가는 어쩌나 내가 미안해서 어쩌나.

아무도 주워가지 않는다면 그건 또 어쩌나.

다 쏟아내고 이제 끝났다 생각하며 안심하고 있는데,

또 기습 폭설이 오면 어쩌나.

홑청 같은 공중이 펑펑 터지면 어쩌나.

그렇게 펑펑 터지는 공중이 또 오늘이고 또 하루라니 어쩌나.

하늘은, 잠들기 전 우는 사람들의 베개로 가득 차 있고
여태껏 꾸어온 꿈들이 펑펑 다 떨어져내리면 어쩌나.
나는 다시는 사철 폭설 밖으로 헤어나올 생각을 말아야
겠다.

방금도 대략 당신이 이 글을 읽은 시간 동안
기습 폭설이 왔고 흔적도 없이 다 갔다.

숨 나누기
이어 살기

온 가족 중에 이번에도
또 아버지가 먼저 태어났다.

깊은 잠 속에서
천둥같이 큰 숨소리에 놀라 눈을 뜨니
어느 결에 어머니가
내 발치 침대 귀퉁이에 모로 누워 자고 있다.

태아처럼 작은 몸 모로 누워 잠든 어머니
배 위로 모은 늙은 두 팔이
탯줄처럼 가늘고 까맣게 말라붙어 있다.

꿈속에서 천둥 같던 어머니 숨소리는
작다, 모기의 날갯짓에
옷에 붙은 먼지가 흔들리듯
명왕성으로부터 타전된 전파 신호가
어깨에 부딪쳐 오듯
어깨를 위아래로
가늘게 가쁘게 흔들며 엷은 숨 쉰다.

너무 일찍이 훌쩍 떠나
내생에 먼저 태어나
생명이 위태로운 조산아
아버지에게 어머니는 자신의 숨 절반을
밤새 젖 물리듯 나눠주고 있다.
그러느라 잠든 이생의 어머니 숨소리는 작다.

아버지는 어머니의 숨을 젖처럼 빨며
조금씩 조금씩 내생에서
제 몫의 울음을 되찾아간다.
앉고 서고 걷고 뛰고
말을 배우고 다시 웃음을 배워
한참이나 어린 어머니를 사귄다.
나를 낳아줄 것이다.

반생

내가 평생을 다 살아도 절반이다.

그는 죽기 직전 생일케이크 위의 촛불처럼 훅, 나를 불
어 껐다.

암전, 그 순간 나의 반생(半生)이 시작됐다.

그는 나의 반생을 살기 시작했다.

내 반생을 살러 가는

죽은 그의 이마는 전생부터 흙 속에 박혀 있던 돌처럼
차가웠다.

죽은 그의 손등은 바다의 끝에 가라앉아 있던 돌처럼 차
가웠다.

내 차가운 꿈은 돌처럼 내 잠 속에 박혀 있다.

흐물거리는 내 몸은 그의 유언이다.

돌멩이 같은 내 마음은 그의 유품이다.

그가 죽던 날, 꽃들이 흰 치마처럼 하늘로 활짝 펼쳐졌다.

나무에서 자던 새들이 하늘로 뚝뚝 떨어졌다.

하늘로 끌어당겨지는 반중력 속의 꽃과 새와

그는 나의 반생을 대신 살기 시작했다.

길 위로, 그와 나 사이로
형광펜처럼 그어진 햇빛도 달빛도 닿지 않는 세계의 모
서리
그 모든 그늘은 높은 댐처럼, 일렁이는 햇빛을 가둔다.
그 모든 어둠은 금세, 시간처럼 새는 달빛을 가둔다.
나는 문을 열고, 숨을 깊이 들이마시며
햇빛 속으로, 달빛 속으로 뛰어든다.

봄밤에 눈송이가 내 한쪽 눈썹에 내려앉는다.
한쪽 눈썹이 우르르 내려앉는다.
반생은 반드시 반쪽이 무너지는 순간 시작된다.
가장 깊숙이 무너지며, 반대편에서 생생히 일어서는 반생.

그가 죽는 순간 시간이 정확히 반으로 쪼개졌다.
두개의 낮과 두개의 밤,
어제의 어제와 오늘의 오늘,
그가 나의 반생을 살고 있다.
그는 내가 미리 남긴 유언이다.

투명인간
내가 글을 쓸 수 있도록 그는 자신을 보이지 않는 사람으로 만들었다.*

꺼지기 직전의 가로등 불빛이 찰나 투명한 그의 몸에 환하게 반사된다.

새벽에 붉은 꽃잎 다 떨어진 꽃나무 앞에 오래 머문다.

밤사이 핀 투명한 꽃은 진 꽃보다 생생하고 아름답다.

아버지의 의자를 보며 어머니가 웃고 있다.

그러고 보니 그의 안색이 오늘따라 생기 있다.

그는 백발과 잿빛 검버섯이 녹처럼 내려앉기 시작하자 홀러덩 몸이라는 색을 벗어던지고, 다시는 눈에 보이지 않을 만큼 투명해졌다.

이후 나는 그를 예기치 못한 순간에만 목격하지만, 그는 내 몸 구석구석이 서서히 녹슬어가는 모습을 늘 지켜보고 있다.

투명한 공중은 지상에 가장 가까운 끝단부터 녹슬어간다.

이 별의 기후로 영겁에 가깝게 살다가, 생의 가장 마지막 소멸의 백년을 사람의 문양으로 지상에서 녹슬어간다.

그렇게 다시 평생에 걸쳐 서서히 투명해지는 사람들.

혹은 어느 한순간 돌연 투명해진 사람들.

공기처럼 투명한 꽃들이, 바람과 빗물에 점점 갖가지 색으로 녹슬어간다.

눈에 보이는 것들은 모두 저마다의 빛깔로 녹슬어간다.

녹슬어가는 것은 매 순간 조금씩 투명해지는 것이다.

투명한 대기로 다시 한 몸이 되어 지구를 빈틈없이 끌어안는 것이다.

다시 투명한 잎사귀들이, 잔뜩 녹슨 단풍잎들을 다 밀어내고 빈틈없이 필 때까지,

베란다에 널어두고 잊은 노란 꽃무늬 남방이 햇빛에 하얗게 바랬다.

그대로 계속 두면 흰색마저 모두 증발해서 투명해질 것이다.

입으면 살갗이 다 보일 정도로 투명해지도록, 매일 돌아가는 태양이라는 세탁기.

녹슨 생과 색을 빨아들이는 진공청소기.

밤새 겨울비 내리고 갠 하늘,

오늘 하늘 한가운데가 빨강에서 보라로 녹슬고 허물어져
크레바스처럼 푹 꺼진 자리인 무지개.
시간의 바닥까지 깊이 파인 무지개 속으로
승객을 가득 태운 여객기 한대가 투명하게 사라진다.

* 롤랑 바르뜨『애도 일기』변용.

투명한 문장

설탕 한 스푼이, 모래시계 속에 남은 마지막 모래알처럼, 비 오는 검은 밤 속으로 떨어져 흔적 없이 녹으니 새벽이다.

시인의 투명한 손에 들어올려지던 커피잔이 바닥으로 떨어진다.

시인은 시를 쓰다가 머리를 감싸쥔다.

술술 밤새도록 쓰고 또 써도 백지다.

투명한 문자들의 획과 획 사이를, 획과 획 위를

밤과 낮이라는 담장 위의 고양이들이 구두점처럼 뛰어다닌다.

시가 못된 투명한 전생의 문장들이 백지에 빼곡하다.

(줄곧 울먹이면서, 얼마나 달리고 있었는지 모른다.

달리고 달리다가 나는 결국 시간의 가장 막다른 절벽까지 오게 되었다.

기꺼이 나는 절벽 아래로 뛰어내렸다.

난생처음 높이를 느끼게 되었다.

절벽 아래로 뛰어내리는 순간, 나는 몇겹의 시간을 그 자리에 걸려 있었을 공중을 껴입었다.

그 옷은 태아가 겨우 입을 수 있을 정도로 작았다.

나는 숨이 턱 막혔다, 질식할 것 같았다.

몸을 줄이려고 몸 안의 울음을 다급히 쏟아내었다.

그리고 신생아처럼 작아진 몸에 연기처럼 흩어질 듯 엷은 살갗을 입었다.

줄곧 울면서, 수십년을 달리다가 또다시 절벽 앞에 다다랐다.

절벽에서 절벽으로 이어진 외나무다리를 덜덜 떨며 건넜다.

수년 전 돌아간 아버지와 얼마 전 돌아온 딸이 내 양팔에 물동이처럼 매달려 있다.

나는 평균대 위를 걷듯 두 팔을 벌리고 건넜다.

절벽과 절벽 사이를 점점 투명해지는 다리로 건넜다.)

모든 사이를 잇는 투명한 문장.

해와 달, 밤과 낮, 공기와 공기, 바람과 바람, 비와 비, 지평선과 수평선, 오늘과 내일, 자정과 정오, 저녁과 새벽, 잎과 잎, 손과 손 등을 잇는 문장.

시간의 시작 이후 매 순간과 순간을 이어온 무수한 문장
들 중에
소멸을 앞둔 마지막 순간의 문장만을 우리는 읽고 있다.
시간여행을 마친 우주선처럼 잔뜩 녹이 슨 문장.
획 위에 까맣게 시간의 먼지가 쌓인 문장, 그래서 눈에
식별되는 문장.

시인은 가장 마지막 문장만으로 시를 쓸 수 있다.
몇겹을 이어온 문장들의 가장 마지막 구두점인 지구와
함께,
소멸을 코앞에 둔 문장 끝의 밤.
투명한 문장들의 세계 맨 끝에 시라는 문장은
사람들의 막다른 잡념 속으로 이탈해
전복된 열차처럼 녹슬어 소멸해간다.

그리고 죽은 시인은
마치 상처투성이 유일한 생존자처럼
반파된 책상에서 비틀대며 투명한 몸을 일으킨다.

내가 돌아갈 곳
무얼 어디다 잃었는지 몰라 두 손이 주머니를 더듬어 길에 나아갑니다.*

폭염 속에 불길처럼 퍼진
쿄오또의 한 골목길을 걷다가 다들 아는 히라누마 도주
를 만났다.
　소싯적 아버지도 그를 만난 적이 있다고 말씀하셨다.
　그는 잊히지 않아, 아직도 돌아가는 중이라고 했다.
　그는 조금 피로해 보였으나 걸음은 여전히 탄력 있었다.

　아직 내 다리에 붙은, 불처럼 번진 길들을 떼어내지 못
했다.
　누구도 여생 번지는 불길을 끄지 못한다.
　생사의 갈림길 너머까지 불길함은 계속 번져만 간다.

　만약 일초라도 길에서 다리를 뗀다면
　그 순간 내 다리는 허공의 온도로 얼음처럼 굳겠지.
　얼음 다리로 다시 길 위에 선다 해도 이미 돌이킬 수 없
겠지.
　한번 얼음이 된 두 다리는 금세 녹아 앉은뱅이가 되겠지.
　길섶에 저 바위처럼, 저 바위가 된 아버지처럼.

그대는 어디로 가는 길입니까?
바위 위에 걸터앉아 도주가 물으면
도망가는, 아니 저도 돌아가는 길입니다.
땀이 송글송글 맺힌 맑은 이마의 도주를 돌아보며 나는
답한다.

번번이 돌아가는 길은 길길이 날뛰며
해진 신발을 아가리처럼 벌려 내 두 발을 덥석 문다.
밤마다 지붕 아래 잠깐씩 나를 뱉어놓을 뿐
종일 물고 놓아주지 않는다.

나는 돌아가다가 자주 우두커니 서서 곰곰이 생각에 잠
긴다.
그러다가 무언가 번뜩 돌아온 기억처럼
죽어가는 내 동공 반응을 살피는 도주의 작은 펜라이트
처럼
해와 달이 떠오른다. 매일 나는 그 장면을
증거물로 눈앞에 놓인 빛바랜 사진 한장처럼 초점 없이
바라본다.

나는 혼자 타박타박 돌아가다가, 울고 싶을 때쯤
자신을 아버지라고 알린 남자를 만났다.

그러곤 그는 별다른 인사말 없이, 나보다 먼저 어느날
훌쩍 돌아갔다.

어머니라고 자신을 알린 여자도 만났다.

그녀를 나는 특히 사랑해서, 돌아가는 길에

그녀를 만나자마자 그녀가 쉬는 숨을 빼앗아 쉬며

그녀의 몸을 젖은 외투처럼 껴입고 몇 계절을 걸었다.

그녀의 몸 안은 사방 길이었고

그녀의 몸 안에서 나는 말풍선처럼 점점 커졌다.

그녀의 몸을 다 걷고 내가 떠나자마자

그녀의 몸은 숯처럼 마르며 금세 꺼지려는 불길로 사그
라져갔다.

불길처럼 불길하게 번진 길로

우주가 지구로 돌아가는 길로

다들 그랬듯 나도 내가 돌아갈 곳으로, 결국 돌아갈 것
이다.

그 모든 곳이되 죽음은 아닌 곳, 공기와 공기 사이로
가만히 있어도, 그저 가만히만 있어도
일생 불길처럼 바람 따라 번진 길이 걸어와
저절로 내 가랑이에 깡마른 다리처럼 달라붙을 것이다.

　바로 그거야말로 가장 고통스러운 생체실험이 아닐 수
없소.
　별 하나 바람 한점 하늘 한장 없는 열대야의 밤
　바닷속처럼 짜디짠 공기 속을
　어느새 다시 내 옆에서 걷고 있는 도주가 말했다.
　다행히도 나는 간신히 이름이라도 되찾았소.
　이제 나는 도주가 아니오.
　내 이름은 비밀이오, 내가 돌아가는 그곳에 대해서도.
　윙크하며 나를 가볍게 앞질러 갔다.

* 윤동주 「길」.

둥근 노래만이 입술을 들어올리네

흘러간 노래가 흘러나오네.

크고 검고 둥근 멍이 든 아주 작은 노래가, 턴테이블 바늘처럼 가는 두 팔로 막 울려는 사람의 입술을 들어올리네. 둥글게 희미해져가는 작은 기억으로 빚은 먼지처럼 흐린 노래가 입술을 들어올리네. 유빙을 깨부수고 나아가는 쇄빙선같이 무겁고 차갑고 단단했던 입술을 들어올리네. 입김에도 달싹이는 깃털처럼 입술이 떨리네. 허밍처럼 희미한 노래가, 울음처럼 끊어질 듯 이어지는 노래가 무거운 입술을 들어올리네. 그림자보다도 무거운 입술이 낙엽처럼 소용돌이치네. 흔히 '운다'라고 불리는 둥근 노래가, 침묵의 입술을 들어올리네. 밤을 가득 채운 노래가 잠 속까지 새어들어가 가득하네. 평생 오랜 세월 몸속에서 몽돌처럼 깎여 모난 곳 없이 둥글어진 마지막 노래가, 드디어 오늘 숨넘어가는 누군가의 입술을 들어올리고 나오려 하네. 창밖의 나뭇잎이 유언을 내뱉는 입술처럼 새파랗게 떨리고, 입술을 비집고 별들이 우르르 몰려나오네.

노래처럼 흘러간 별들이 다시 하늘로 흘러나오네.

고인들은 살아서 미처 다 못 울고 간

제 울음을 사람들에게 내맡기네.
그 울음을 마저 다 울며 사느라 사람들은
정작 제 울음은 또 다음 사람에게 물려주지.
나는 지금 아버지의 울음을 대신 울고 있네.
그 상속을 거절할 권리가 없네.

바람이 친 텐트

아무 나무 아래서 한숨 잔다면.

그 나무가 어떤 운명을 끊고 온 바람이 친 것인지도 모른 채.

모진 바람이 친 텐트 안에서 모로 누워 한숨 잔다면.

모진 시간에 텐트를 단단히 고정하려 긴 못처럼 박은 무수한 뿌리들.

바람이 제 이마로 때려 박은 뿌리들.

얼마나 세게 내리쳤으면 땅속 깊숙이 박혀 보이지도 않던 뿌리들.

뿌리를 빨대처럼 꽂고 매일 희생자의 여생을 빨아 먹어 배가 남산만큼 부푼 지구.

바람이 친 텐트에 몰래 들어 한숨 잔다면.

굽은 가로수가 뽑혀나간, 웜홀처럼 깊은 구덩이.

우주 암흑물질처럼 시커먼 흙들로 둘러싸인 구덩이의 어둠.

구덩이 가장 깊숙한 가장자리에 지구가 여전히 자전하고 있다면.

우리가 한날한시 함께 꺼내온 지구를 품어

태어난 아이들이 자라, 이유도 모른 채 꺾인 일.

어린나무가 땅에 머리카락 같은 실뿌리를 심듯, 갓난아이가 공중에 아지랑이 같은 머리카락을 심는 일.

자정을 건너는 시계에, 초침이 뾰족한 순간의 잠 한가닥을 박아 넣듯, 우주라는 광막한 불면의 벽면에 못 하나 박아 넣는다면.

오늘도 송두리째 뽑힌 나무와 아이의 옷가지를 그 못에 걸어 말린다면.

내일은 바람이 바다에 나무를 텐트처럼 친다면.

바다에 나무가 무성히 자란다면.

철썩철썩 도끼날 같은 서슬 푸른 파도에 다 잘리고 뽑혀 나간 자리.

구덩이의 어둠속에서, 아직 아무도 안 태어난 지구를 새 것으로 꺼내온다면.

그전에 아무 나무 안에서, 가는 뿌리 한가닥 탯줄처럼 배꼽에 꽂고 딱 한숨만 잔다면.

루틴

홑이불처럼 얇고 하얀 햇볕이 덮인
테이블 맞은편에서 공책을 편 채 숙제를 하다가 너는 엎
드려 잠든다.
내가 쏜 화살촉이 공기를 태우며 날아가 스친 흔적
너의 가르마를 보며
다 중력 때문이다, 나는 생각한다.
나는 오래도록 테이블 모서리를 매만지듯 너의 가르마
를 만진다.
그리고 중력 때문에 그만 손을 떨어뜨리고 만다.

너의 가르마가 나에게 지평선이고 수평선이다.
매일 너의 머리 위에 사과처럼 붉은 해가 올려진다.
매일 너의 머리 위에 해를 정확히 겨누어도
휘청이며 날아간 화살이 아슬하게 정수리를 스친다.
매일 너의 가르마가 깊어진다, 누구의 잘못도 아닌
다 중력 때문이다, 나는 생각한다.

내 무릎을 베고 너는 잠든다.
너의 머릿속 수십 킬로미터 깊은 곳

내가 있는 여기까지 네가 타고 온 진앙을 탐지하듯
나는 너의 이마에서부터 가르마를 따라가며 입맞춤한다.

너의 둥글고 볼록한 이마에서부터
치솟기 시작한 가르마가 온도계처럼 빨개지도록
열이 펄펄 끓는 너를 안고 병원으로 내달린다.
응급실에서 내 소매를 털어가는 순간 눈길이 얽힌
임산부의 눈빛, 죽일 듯 매섭게 노려보며 동시에
애원하는 눈빛, 두개의 눈빛이 매달려 있던 그 가르마
도끼로 수없이 찍힌 나무 속살처럼 깊이 팬 가르마
여자의 신발끈이 끊어져 바닥에 질질 끌리는 것
모퉁이를 무사히 돌면
황급히 가르마라도 끌어당겨 신발을 묶어야 하는 것
다 중력 때문이다, 나는 생각한다.

자꾸 감기는 너의 두 눈
너는 지구만 한 중력을 안간힘을 다해 들어올리며
눈을 뜬다, 눈꺼풀을 들어올리고 똑똑히 봤어도
잘못 본 것 같은 일들

중력 때문에 폭우가 내리고 집들이 무너지고 포탄이 떨어지고 배가 가라앉고, 주인 없는 테이블에 덮인 햇볕 위에 먼지가 쌓인다.

먼지를 닦아내고 그 아래 깔린 햇볕을 걷어 공중에 탁탁 털며

중력을 거슬러야 눈 감을 수 있는 이들을 생각한다.

나는 질끈 두 눈을 감듯, 두 눈을 뜬다.

나는 숨을 참고 나쁜 꿈속을 보듯, 눈앞을 본다.

너의 웃는 얼굴이

네가 들고 있던 아이스크림처럼 바닥으로 흘러내린다.

너의 잘못이 아니다.

너의 잘못이 아니다.

다 중력 때문이다, 나는 공중을 끌어안으며

처음으로 소리내어 말한다.

너의 나라의 나

나라도 없으면
땅속에 함께 묻어둔 웃음 혼자서 다 가지고
너는 당장 너의 나라를 떠날 것 같아
나는 나의 나라를 텅텅 비워놓고
너의 나라에 아예 살러 간다.

너의 나라에 살게 된 나는 너를
오늘도 만나러 간다.
더 높이 더 깊이 가는 길 매일 피워놓은
밤하늘은 아침마다 하얀 재로 부서진다.

봉분은 세상에서 가장 높은
망루다. 둥지다.
새조차 평생을 바치지 않으면 그곳에 닿지 못한다.
너의 몸은 너의 나라.
너의 나라에 나만 남기고 먼저 떠난 사람
너는 멀리 오래 보고 있다.

새가 되게 해주소서
저녁기도

나 전생은 물고기였으니
그래서 일생 눈치 안 보고 펑펑 울어보았으니
내생은 새로 태어났으면 합니다.
표정이 기록되지 않는 얼굴
펜촉처럼 딱딱한 입술
깃털보다 가벼운 뼈로 짜인 몸을 가진
딱 제 몸 하나만 하늘에 띄워놓을 수 있는
밥숟가락처럼 작은 날개를 가진
새의 몸으로 한철 높고 먼 곳에 살다가 저녁에는
저녁과 나란히 공중의 식탁에 앉아
저녁과 가만히 손잡고 눈 꼭 감고 기도하겠습니다.
기도가 끝나기 전에는 숟가락을 들지 않는 법이듯
날개를 가지런히 내려놓고
공중에 무릎이 깨지도록 꿇어앉아
이루어질 때까지 기도하겠습니다.
어서 빨리 날개를 들지 않으면 지상으로 꺼꾸러지겠지만
계속 기도하겠습니다.
영원히 새로 태어났으면 합니다.
땅을 딛고 사는 건 현생에 단 한번이면 족합니다.

저녁을 한술 뜨지도 못했는데 저녁은 가고
기도 중에 슬쩍 눈을 뜨니 아무도 없습니다.
지금 밤인가요?
가로등이, 흔들리는 커튼처럼 불빛을 길게 늘어뜨려 드
리웠으나
커튼의 안팎을 모르겠습니다.
지금이 안인가요 밖인가요?
지난 계절 이후부터 잘 모르겠습니다.
하늘 땅 바다 하늘 땅 바다
지금 살고 있는 여기가 하늘 밖인지 땅 밖인지 바다 밖
인지
여태 그 모든 곳들의 안인지
나는 대체 몇번을 되살고 있는지
부디 알려주시기를 기도합니다.

깊은 높이로 날아오른 새

아주 작은 새가 있었다.

먼지보다 작은 새였다.

제 그림자로 세상을 고이 덮으려던 새였다.

깊고 깊은 높이로 날아오른 새가 있었다.

날 새도록 새는 날고 날았다.

날개가 바람에 다 녹아버려서 그만 하늘에 스몄다.

낮에는 흰 그림자로

밤에는 검은 그림자로 세상을 덮었다.

우리는 모르는 새 그 새의 그림자를 입고 살았다.

우리도 날개가 다 녹도록 날았다.

새와 함께 새파란 하늘이 되었다.

결국 그 새는 세상의 가장 높은 봉우리 위에 다다랐다.

희생자의 무덤 위였다.

떠나는 꽃

꽃이 핀다
꽃이 피는 건
꽃이 떠나고 있는 것
꽃이 피는 가지 속 좁디좁은 방에서
한 식구가 촛불 같은 작은 상 하나에 모여
서로 꽃잎을 수저처럼 부딪치고 섞으며
일생을 살다가 죽을 때가 되어 한송이 주름진
꽃이 되어 떠나는 것 가지 밖으로
꽃이 피는 건
꽃이 제 식구를 떠나 세상 밖으로 나오는 것
꽃이 꽃 속보다도 핏빛인 이 세상 공중에
저무는 바람에 제 몸을 눕히는 것
밥상에 숟가락이 놓이듯
가지런히 한송이 꽃이 핀다
사람은 꽃잎으로 밥을 떠먹을 수 없다
밥이 너무 무겁다
공중은 붉게 녹슨 숟가락 같은 꽃을 든다
바람이 분다 배가 부르다
꽃잎이 흔들린다 숟가락질이 빨라진다

초극단의 눈사람

*

오늘밤 초극단에 내린 눈, 초극단에 선 두사람

*

만약 만약에, 네가 내 찬 손의 체온을 좋아한다면, 우리는 같은 공기로 숨 쉬는 것이다. 우리가 손잡고 초극단을 걷는다면, 내가 들이쉰 숨을 네가 내뱉는 것이다. 네가 들이쉰 숨을 내가 내뱉는 것이다.

*

한 몸처럼 손잡고 있으면 숨은, 두사람의 온몸 구석구석을 다 돌고 돈다. 두사람이 동시에 한 몸 안으로 들이쉬는 숨이, 두배로 많고 두배로 빨라 같이 있으면 두사람은 숨차고 숨 막히는 것이다. 이렇게 같이 손잡고 있다가는 불현듯 당장 죽을 것도 같은 생각이 들어 다급히 서로의 거친 숨을 몸 안에서 빼내주려, 벼락처럼 키스를 하는 것이다.

*

오늘밤 눈 내린 초극단에 서 있는 눈사람.
찬 손 잡고 막 걷기 시작한 두사람.

초록의 눈사람

사지가 많이 나뉠수록 완벽해진다고
아름다워질 거라고 눈사람은 믿었다.
눈사람은 지금 제 옆에 선 나무가 되고 싶었다.

눈사람은 나무였다.
바람이 나뭇잎을 굴리고 뭉쳐 초록 눈사람을 만들었다.
나무는 눈사람이었다.

초록의(衣) 눈사람.
잎과 잎 사이, 올과 올 사이에 반짝이는 아침
햇빛이 정교하게 수놓인 옷.
공중을 초록실로 자아 만든 옷.

'옷'이라는 글자는 사람을 닮았다.
계절마다 서로의 몸을 바꿔 입었다.
추위에는 나무가 눈사람의 옷을.
더위에는 눈사람이 나무의 옷을.

매일 석양을 뒤집어쓴 적록색 옷.

나무라는 눈사람이 입은 적록색 옷.
매일 지구가 태양계 밖을 향해 이륙하며
불타는 저녁의(衣) 나무를 뽑어낸다.

잔뜩 둥글게 웅크리고 자는 눈사람이 있다.
무수히 많은 사지를 가져야만
눈사람처럼 더 작고 단단하게 둥글어질 수 있다.
누군가 공처럼 쏘아올리면, 더 멀리 오래 날아가기 위해.
지구의 사지를 펼치면 우주를 뒤덮고
창틀의 먼지 한톨 사지를 펼치면
지구를 다 덮고도 남는다.

나뭇가지는, 단 하나도
같은 곳을 가리키지 않는 무수한 나무의 손끝이다.
나무의 손끝이 가리키는 공중의 끝.
끝의 공중은 눈사람이 살던 빈집이다.

지상이라는 망루 위의 눈사람은 이제 집에 가고 싶다.

높은 집

네가 오는 발걸음들을 주워 와 한장 한장 벽돌처럼 쌓아
기둥을 세우고
네가 가는 발걸음들을 주워 와 한장 한장 기와처럼 얹어
지붕을 덮고
집을 지어야지.
네가 내디딘 발자국들만 골라 밟고 하늘로 올라가서
집을 지어야지.

네가 일생 내디딘 발자국들이 어딘가에 수북이 쌓여 빈
집이 되어 있듯
네가 일생 내디딘 발자국들을 매일매일 매달고 흔들며
나무가 높은 지붕처럼 자라듯
그 나무에 세 들어 살던 새들이 가을에
핏물 밴 신발 같은 나뭇잎들 싹 다 챙겨서
새벽에 냇가로 나가 씻어 신고, 산 너머로 이사 가면
나는 이 겨울과 함께 둘이서, 비 줄줄 새는 그 앙상한 나
무를 베어
초록 기둥 세우고 빨간 지붕 얹고 노란 문고리 달고
봄 여름 가을 줄줄이 낳고 같이 살 집을 지어야지.

너의 발자국은 엽서 한장보다도 얇다.

바람 한 자락보다 무겁고 두껍다.

어떤 변덕스러운 바람에도 결코 넘어지지 않는 집을 지어야지.

지붕이 하늘이란 하늘은 다 가려

이 세상 비 한줄기 빛 한줄기 새지 않는 집을 지어야지.

오직 바다 건너편에서부터 만리(萬里)를 날아와

앙상히 뼈만 남은 한마리 새가 지붕에 눈발처럼 내려앉아야

풀썩 무너지는 집을 지어야지.

그 새가 허물어진 너의 발자국 위에 둥지를 틀고 알을 까고 새끼를 키우다, 너의 발자국을 버리고 바다 너머로 되돌아가면

나는 무심한 듯 지나가다 재빨리, 우는 네 마지막 발자국 주워 와

높은 집 대문에 문패로 내걸어야지.

보이지 않는 곳에서 발자국이 소리내는 밤이다

나는 발자국이 내는 목소리에 대한 기억을 가지고 있다. 나의 경우 그 소리는 울음소리에 가깝다. 내 기억에는 무수히 발자국이 찍혀 있고 그 발자국 속에 빗물 같은 목소리가 고여 있다.

보이지 않는 곳에서 발자국이 소리내는 밤이다. 모두 내게로 달려오는 발자국이다. 나를 알아보고 내 손을 낚아채려 달려오는 발자국이다. 비웅덩이에 첨벙첨벙, 텅 빈 복도에 탁 탁 탁, 발자국이 찍혀 있다.

보이지 않는 곳에서 구두점처럼 꾹 찍힌 발자국. 이미 떠난 마음을, 숨은 마음을, 공기 속에 낱낱이 흩어진 마음을 안간힘으로 이어붙이려는 바느질보다 촘촘한 발자국.

발자국에서 목소리가 날 때마다 소나기가 쏟아진다. 아버지 목소리가 쏟아진다. 누군가의 목소리가 쏟아진다. 나는 우두커니 서서 흠뻑 다 맞는다.

보이지 않는 곳, 등 뒤로 후드득 떨어지는 유성우 같은 발자국에서 소리가 들리는 밤이다. 발자국이 내는 소리가 환히 보이는 밤이다. 이 밤을 통째로 내 뇌리에, 마른 다리와 해진 신발로 타박 타박 타박, 천천히 깁는 소리다.

내게 오는 발자국이 사방으로 나 있다.
달이 발자국처럼 납작해진다.
발자국이 달처럼 부푼다.
보이지 않는 곳에서 발자국이 소리내는 밤이다.
발자국 속에 가득 소리가 고이는 밤이고
온갖 소리를 발자국이 촘촘히 깁고 있는 밤이다.

먼지가 쌓이는 공중

일생에 걸쳐 몸 안에는 먼지가 쌓인다.

쌓인 먼지들이 딸꾹질이나 재채기를 할 때마다 몸 바깥으로 조금씩 새어나오기도 하지만

사랑한다 미안하다 고백할 때마다 조금씩 새어나오기도 하지만

켜켜이 먼지가 정수리까지 쌓이면 비로소 숨이 멎게 된다.

화장터 불길 속을 걷다보면 내 몸 안에 쌓인 먼지가 몸 바깥으로 나오는 걸 알 수 있다.

불길 속에서 이미 몸은 공중이 되었으니

먼지가 가장 마지막으로 쌓이는 곳은 공중의 바깥이다.

몸 안에 쌓인 먼지는 일생에 걸쳐 공중의 바깥으로 나오려 한다.

하지만 태초부터 우리 몸 바깥은 온통 공중이었으므로, 우리 몸 안이야말로 원래 공중의 바깥이 아닌가.

결국 우리 몸 안팎이 모두 공중의 바깥이고, 다만 공중은 시간처럼 흐를 뿐이다.

먼지는 우리 몸 안팎으로 쌓이지, 공중에는 쌓이지 않는다.

먼지는 공중에 가장 많지만, 시간처럼 흘러가는 공중에는 쌓이지 않는다.

공중의 밤과 낮 사이로 일생 먼지는 쌓인다.

우주의 먼지인 지구에서 육안으로 관측할 수 있는 가장 큰 먼지인

저 달은 오늘도 밤새 공중을 타고, 공중의 사이에 시침처럼 누운 사람들 얼굴 위로 내린다.

공중을 깊이 찌른 듯 서 있는 망루 위에 사는 사람들

자고 일어나면 얼굴 위에 먼지가 떨어져 있다.

먼지가 공중이라는 시간 위에 쌓이는 단 하나의 경우다.

우리는 산다

머리통만 한 별들을 좌판 가득 쌓아놓고
주인은 온종일 보이지 않는다.
좌판 밑에는 태양이 이글이글 달아오르고
별들은 재가 되어 하얗다.
유골처럼 별들이 흩뿌려진다.
주인은 오지 않고, 좌판 가장자리는
소나기 속 무지개, 빗방울에 맞아 죽은 새처럼
늘어져 있는 빨간 목장갑
주인 대신 손에 끼자마자 두 손이 날아가버린다.
우리는 산다, 살 수 있다면.
주인은 오지 않고,
바람 구름 공기를 사는 것이 가능하다면
그래서 삶을 살 수 있다면
우리는 산다, 어쩐 일인지 주인은 오지 않는다.
해 달 비 눈 꽃 모두들 다녀오겠다고 한다.
먼지가 되어도 꼭 돌아오겠다고 한다.
하지만 그것이 가능하겠는가.
돌아올 몸이 없는데, 팔아줄 주인이 없는데.
한없이 떠돌 것이다. 먼지는

햇빛을 모조리 먹어치울 것이다.
말줄임표같이 낱낱이 매달려 있다…… 먼지는
햇빛에 들러붙어 갉아먹으며 기어다닌다.
나뭇잎 위의 배추흰나비 애벌레처럼,
나뭇잎 아래 멀미처럼 밀고 올라오는 그다음
나뭇잎처럼 나뭇잎을 삼킨다.
먼지는 햇빛을 삼키며
하루 한바퀴씩 전세계를 공전한다.
햇빛이 스미는 곳이라면 언제 어디든 찾아들어
햇빛을 다 먹어치우고, 그곳에 그늘을 싼다.
그늘이 켜켜이 쌓인다.
먼지가 쌓여 그늘이 된다.
먼지는 밤을 토한다.
햇빛을 먹고 밤을 토한다.
먼지가 없다면 밤도 없다.
죽은 이는 먼지가 된다.
죽은 이가 없다면 밤도 없다.
우리는 내일도 살려고 이 밤을 덮고 잠든다.
주인 없는 집에서.

웃음 기르기

내 얼굴에 누가 강아지 한마리를 풀어놓았다.
누가 유기하고 간 한마리 웃음과 함께 살게 되었다.

내가 늘 실패하는 일, 웃음을 잘 기르기.
윤기 나는 길고 찰랑이는 머리카락으로 뒤덮인
애인의 얼굴에 사는 웃음을 외롭지 않게 잘 돌보기.

주름이라는 털을 덥수룩이 매달고 표정 곳곳을 물고 헤
집다가
얼굴 한쪽에 웅크려 곤히 자고 있는 웃음.

자고 있는 내 얼굴에 고이는
눈물을 핥고 눈물을 삼켜 목숨을 연명하는 웃음.

얼굴이라는 우리 속에, 누가 유기하고 간 웃음은
거친 야생 짐승처럼 자랐다.
태곳적 지구에 떨어진 눈물들이
지금은 고래가 되어 바다 깊이 떨어져내리듯.

기억의 젖꼭지를 빠는
작고 가여운 강아지처럼 버려져
벼락을 단숨에 잡아 삼키는 불곰처럼 자라
내 얼굴이 넘치도록 첨벙 뛰어드는 웃음.
내 얼굴 가장자리를 죄다 물어뜯는 웃음.

누가 내 혀를 잡고 지퍼처럼 쭈욱 발끝까지 내리자
동면에 들려 누운 불면의 웃음 한마리가
두 손 들고 껄껄 껴꺽 우는 듯 웃으며 기어나왔다.
도화선 같은 꼬리에 불을 댕긴 채.

주신의 술잔

잠결이지만 나는 안다.
내 이마가 달팽이를 앞질러 가는 것이 빠를 정도로
내 이마 위를 한없이 천천히 가로지르는 달팽이.
그건 누군가의 손끝 같다.

열대의 방 안 꿈속은 한겨울.
결로처럼 내 이마에 맺힌 식은땀.
달팽이는 내 땀으로 몸을 적시며 목을 축이며 달로
달로 간다. 달은 팽이처럼 한도 끝도 없이
빙글빙글 돌아가고 돌아가다
사라지고 사라졌다 다시 일어서 돌아가고.
내 이마 위로 불시착한 우주선의 잔해
달팽이집은
단숨에 한잔 쭉 들이켜고
파란 나뭇잎이 빨개지도록 매만지는
주신(酒神)의 손가락 끝에 닳아가는 지문.
내 이마에 찍힌 주신의 지문.

보았다, 주신이 가로수 가지를 구부려

커다란 술잔처럼 비웅덩이를 드는 것을.
밤의 목을 댕강 베러 나가기 전 잠깐
길에 내려놓은 주신의 술잔 속에
술이 채워지듯 비가 오는 것을.
비웅덩이에 비가 가득 차는 것을.
후드득 나뭇잎이 떨어지는 것을.
가로수가 비틀대며 취해 쓰러지는 것을.

우산을 펼치자 비가 그쳤다.
달팽이처럼 긴 골목길이 비웅덩이를 끌고 간다.
비웅덩이는 주신의 깊은 술잔,
술잔 속에 빠진 골목의 창문들.
내가 비웅덩이를 첨벙 밟자, 창문들에 찍힌
누군가의 지문들이 떠올랐다.

마스크

꼭 한번만 당신의 얼굴을 만져볼 수 있다면
얼굴 위에 쌓인 먼지에 내 손자국을 낼 수 있다면

오늘은 미세먼지주의보, 창틀에 먼지가
수평선 위에 내려앉은 새떼처럼 새까맣게 앉아 있는 날.

꼭 한번만 스치듯 당신의 손을 잡아볼 수 있다면
그 흰 손은 내가 가져갈 텐데.
잡은 손 놓지 않고 가져가 마스크로 쓰고 다닐 텐데.

끔찍한 일을 보았을 때
끔찍이 보고 싶었던 이를 드디어 만났을 때

우리는 마스크 쓰듯 손으로 입을 틀어막는다.
벌어진 입이 보이지 않게
놀란 입술을 가릴 수 있게
순간 비어져나온 내생의 한쪽 손을 감출 수 있게

뒤통수라는 검은 마스크도 잊지 않고 써서

내 안의 기억이 쏟아져나오지 않게
내 안의 기적이 쏟아져나오지 않게

한번은 마스크를 쓴 사람이 나를 알은체했다.
나는 그 사람을 알아보았어야 했다.

흰 먼지처럼 진눈깨비가 날린다.
그러나 무엇보다 미세하고 흰 먼지는 햇빛이다.
미세한 햇빛이 폐부에 가득 차 숨이 턱 막힌다.
이런 날씨엔 마스크를 쓰는 것이 불가피하다.

내 얼굴에 쌓이는 먼지는
누구도 털어주지 못한다.
밤의 얼굴에 묻은 저 하얀 달처럼 영원히 묻어 있다.

얼굴로 떠내려가다

흐르는 눈물을 훔치던
손바닥에 얼마나 많은 표정이 묻어 있나.
간밤에 그 손으로 이마를 오래 짚으면
이마에 얼마나 많은 손금이 묻어나나.
손금은 얼마나 깊은 주름인가.
주름은 얼마나 깊은 손금인가.
바람에
떠내려온 주름이 손금처럼 두 손에 가득하다.
떠내려온 손금이 주름처럼 이마에 가득하다.

내 몸속은 바람이 드세고 파도가 절벽처럼 높다.
내 이마, 눈, 코, 입, 귀, 어깨, 손, 무릎, 발은
일생 내 몸속을 밤마다 떠돌며
몸속의 가장 외진 모퉁이로 찾아드는 작은 배들.
떠돌이 배들이 잘 곳을 찾아 몸속을 둥둥 떠간다.
이마에서 발까지, 손에서 이마까지 떠돌아다닌다.

내 몸은 매일 떠내려간다. 떠돌고 떠돌다가
네 얼굴이라는 막다른 기슭까지 떠내려간다.

안다

마주 보고 서로의 가슴에 손을 얹다.
넘어진 유리잔의 물처럼 손이 엎질러진다.
공중으로 물이 증발하듯,
가슴에 손이 서서히 스며든다.
공중으로 둘이 증발하듯,
가슴에 손부터 서서히 스며든다.
스며든 손이 장기 하나하나 만지고 닦는다.
공중은 넓고 풍만한 가슴이다.
가슴은 깊고 투명한 공중이다.
두사람은 서로를 속속들이 안다.
오늘과 내일이 매일 서로를 꼭 끌어안듯
각자 앞의 공중을 등까지 닿도록 깊숙이 끌어안다.

지평선

지금 저 멀리서 네가 나의 지평선을 밟고 있듯, 나는 너의 지평선을 밟고 있다. 나는 너의, 너는 나의 지평선 너머는 한번도 가본 적 없다. 너의 지평선 너머에는 이미 너는 없다. 내가 한번도 가본 적 없는 너의 지평선 너머로, 해가 비집고 들어간다. 지평선이라는 덫을 놓아 잡은 짐승을 질질 끌고 가듯, 해가 나를 한 손에 거머쥐고 너의 지평선 너머로 끌고 간다. 그림자를 부러진 다리처럼 끌며 간다. 너의 지평선 너머에 짐을 부린 해는 나의 귀를 잘라 술잔으로 쓴다. 네가 내 귀에 쏟은 울음소리를 나 대신 다 마신다.

기다림
베르메르 「편지를 읽는 푸른 옷의 여인」

끝없이 편지를 읽고 있네, 여인이 읽고 있는 편지가 끝
나지 않도록 지구 끝의 그 사람
　매일매일 계속 쓰고,
　편지와 여인이 서로를 붙안고, 돌아서지 않게 붙잡고,
넘어지지 않게 붙들고, 편지와 여인이 서로 상처 주지 않
고, 각자 혼자가 되는 일 없도록
　또 하루를 계속 쓰고,

　기다림은 지구 끝에서
　끝으로 이어진 파도보다 기다란 일.
　여인이 입은 옷은 푸른 파도 한 자락, 그 자리 주저앉을
일만 남은 채, 끝까지 솟아오른 푸른 물기둥처럼, 순간 위
에 멈춰 서서 편지를 읽고 있네.
　편지를 다 읽는 순간 물기둥처럼 허물어질 여인이.

키스를 하는 것

네가 떠다 준 물이
내 입술을 적시고 온몸 구석구석에 스미는 건
키스를 하는 것.
너와 내가 공원에서 서로 입김을 불어넣으며
언 손을 비비는 건, 뜨거운 혀처럼 빨간
손과 손을 맞대고 엎치락뒤치락 서로 쓰다듬는 건
키스를 하는 것.
그러다가 서로를 아무 말 없이 끌어안는 건
너와 나의 몸이 윗입술 아랫입술처럼
하나의 커다란 입술이 되는 것.
침묵의 입술이 되어 달리는 시간을 잠시 돌려세워놓고
키스를 하는 것.
마음에 없는 말을 내뱉었던 내가
없는 너와 빈 길을 걷는 건
키스를 하는 것.

나는 네가 뛰어내린 절벽

나 하나를 따라잡으려 나를 아는 저 많은 사람들이 멀리서 기억보다 빠른 속도로 나를 쫓았다.

절벽처럼 우두커니 멈춰 선 내 어깨까지 다다랐다.

누가 먼저랄 것 없이 하나둘 절벽 아래로 뛰어내렸다.

무섭도록 까맣게 떨어져 하얗게 포말을 일으키며 세어가는,

일생 쏟아져내리는 머리카락처럼.

나는 다시 너에 대한 기억을 앞질러 가려, 밤낮을 식음 전폐하고 쫓았다.

절벽처럼 우두커니 멈춰 선 네 어깨까지 다다랐다.

나는 네 어깨 너머, 절벽 아래로 몸을 던졌다.

그 순간 끝 모를 바닥이 내게로 뛰어내렸다.

붉은 바통

왕자는 적국의 공주와 바통을 주고받듯 찰나의 키스를 하고 집으로 돌아와 양치질을 한다. 잇몸에서 피가 하염없이 배어나온다.

자정이 넘도록 왕자는, 양치 거품으로 빚은 듯 하얀 손으로 병상에 누워 있는 왕의 거대한 치아를 하나하나 닦는다. 오래된 창문처럼 깨지고 금 간 치아에 왕자의 모습이 흐릿하게 비친다. 치아가 깨지지 않도록 조심해서 왕의 입을 열고 서녘을 들여다본다. 잇몸에서 배어나온 핏방울이 구름을 물들이는,

입 안팎에는 소문으로 유지해온 유구한 피의 제국이 있다. 왕은 더이상의 어떠한 말 대신 딸꾹질처럼 헛구역질만 하며 미라처럼 누워 있다. 지난 한 시절 왕은 구역질 나는 말을 내뱉기 위해 죽은 백성 앞에 섰었다.

하루가 또 시작되는지 모르고 왕자는 아버지의 이 사이에 끼인 구역질을 구석구석 닦고 닦는다. 목구멍 깊숙이 새빨간 동이 튼다. 왕은 손아귀에 꼭 쥐고 있던 땀에 젖은 바통을 전달하려는 듯, 입에 쥐고 있던 혀를 길게 빼물며 말한다. 아들아, 오늘은 부디 이 바통을 받거라, 무척 피곤하구나.

그러나 입 밖으로 빠진 혀 때문에 오늘도 왕의 말은 말이 되어 전달되지 못하고, 그저 짐승 읋는 소리처럼 허공을 맴돈다.

옛날에는 시라는 것이

네가 태어나기 전 옛날 옛적엔 시라는 것이 있었어. 놀랍게도 시들을 한권에 모아놓은 시집이란 것이 있었어. 시집을 읽다가 보면 반드시 불타는 페이지 한장을 만나지. 딱 한장을 만나지. 언제 만날지는 아무도 몰라. 몇 페이지가 불타고 있을지도 몰라. 같은 시집을 들었지만 각자가 다 다르지. 나중에 저마다 불타는 페이지가 무엇이었는지, 만나는 사람마다 맞추어보지. 포옹과 입맞춤과 달콤한 말과 알쏭달쏭한 말들로 퍼즐처럼 맞대어보지. 불타는 페이지는 펼쳐지자마자 빛의 속도로 새까맣게 타버려, 한자도 읽을 수 없어. 내겐 진짜 시가 쓰여진 페이지. 내가 죽어도 읽지 못한 페이지를 지금 이 순간 하품을 틀어막으며 읽는 사람. 내가 무념무상 넘긴 페이지를 눈에 불을 켜도 읽지 못한 사람. 우리가 못 읽은 페이지가 같았다면 우린 멸종했겠지. 못 읽은 페이지가 달라서 늘 저마다 자기가 가장 고독하고 외롭지. 각자 슬픔이 깊어 불안하고 오해하고 질투하지. 내가 못 읽은 페이지를 읽은 너에게, 나도 모르는 내 비밀을 들킨 것처럼 부끄럽고 두렵지. 그렇다고 돌아서지도 못하고 참지도 못하고 우리는 자신이 읽은 모든 페이지를 그냥 다 찢어버리듯, 아무것도 모르는 체 사랑에 빠져버리지. 그렇게 네가 간절히 찾던 너의 불타는 페이지는 내가 찢고, 너는 나를 찢지.

저녁 커피 한잔

나는 그와 만났고 거리에서 한동안 그녀를 기다렸다.
나와 그는 도로가 내려다보이는 이층 까페로 들어갔다.
약속 시간이 꽤 지나서야 그녀가 도착했다.
곧 오시기로 한 분 다 오셨어요?
눈치 빠르고 상냥한 종업원이 메뉴판을 가져왔다.

그는 직장을 그만두고 세운 긴 여행을 위한 세가지 계획
을 얘기했고
어떤 방법이 가장 현실적이냐고 물었다.
우리는 모두 다 정말 멋진 생각이라고 말했다.
그는 뜨거운 커피를 홀짝이며, 우리의 말을 믿지 않았다.

다시 강의를 시작한 그녀는 자신의 수업 시간마다
잠을 보충하는 몇몇 학생들을 얼굴 붉히지 않도록 자연
스럽게
강의실 밖으로 내보낼 방법에 대한 의견을 물었다.
그녀는 우리가 미처 입술을 떼기도 전에 의기소침해져서
커피잔을 들다가 쾅, 창밖 파열음에 놀라 그만 잔을 놓
쳤다.

차도 한가운데에서 서로를 격렬히 끌어당긴

두개의 막대자석처럼 택시 두대가 뒤엉킨 채 들러붙어

있다.

차도 쪽으로, 행인들의 까만 머리가 자기장의 영향을

받은

실험실의 쇳가루처럼 일제히 쭈뼛 돌아섰다.

쏟아진 커피가 사방으로 튀고

테이블 위에 흥건히 고이다가 바닥에 뚝뚝 떨어졌다.

우리는 화들짝 놀라 테이블을 멀찌감치 피했다.

구름 위에 저녁이 엎질러져 고이다가, 커피색 비로 뚝뚝

떨어졌다.

사람들은 화들짝 놀라 거리를 일찌감치 피했다.

들큼한 커피 냄새가 밴 소파에 파묻혀

문득 우리는 아무런 할 말이 없다.

각자 우리는 천장 구석에 제거되지 않은 거미줄을 발견

했고

거미 없는 거미줄에 걸린 나방을 발견했고
검고 단단한 차돌 위에 간 금처럼
상대의 식은 커피 위에 떠 있는 머리카락을 발견했고
상대의 가방 속으로 숨어드는 그리마를 발견했지만
아무도 각자가 발견한 것들을 굳이 언급하지 않았다.

그런데 있잖아, 곧 오기로 한 사람이 누구라고?
정말 중요한 걸 깜박했다는 듯 그녀가 물었다.
나와 그는 곧 오기로 한 사람이 누군지 떠올리려고 애쓰
다가
곧 어리둥절해져서 창밖으로 시선을 던졌다.
나는 그녀가 얼굴 붉히지 않도록 자연스럽게
그녀가 여태 안 온 사람인 양, 창밖 실랑이 중인 택시만
주시하며 말했다.
곧 오기로 한 사람은 바로 너라고.

그때, 내가 창밖으로 던진 시선을 미늘처럼 꿀꺽 삼킨
택시 한대가
운전기사를 매달고 굉음을 내며 폭우 속 도로를 엄청난

속도로 질주했다.

주황색 금붕어 같은 택시 뒷문에 매달린 기사가

지느러미처럼 필사적으로 파닥였다, 팽팽한 내 시선을 한순간

낚싯줄처럼 툭 끊고 택시는 금세 시야에서 사라졌다.

체념의 생명력

구름에 걸러진 검붉은 공기가 공터에 고이고
고인 공기에 발목이 잠겨 걸을 때마다 물소리가 난다.

평일 해거름 대학병원 응급실 앞 자그마한 공터에
환자들이 종이처럼 얇은 미소를 물고 있다.
엷은 한기가 느껴지는 어깨 위에 걸친 카디건 같은
꽃길을 헤매다 카디건 위에 내려앉은 나비 같은 체념.

귓속으로 벌떼처럼 끊임없이 날아드는 싸이렌 소리.
석양으로 차오르는 응급실 앞 작은 화분 같은 공터에
물을 주자 물을 주자 저녁 배식 시간이 되자
하나둘 병실로 돌아가는 환자들.

꽃 한송이처럼 활짝 공터가 피려 한다 저녁
꽃 한송이처럼 검게 공터가 스러지려 한다.
체념이란 꽃이 자신을 체념하기 전에
먼저 제 손으로 그 꽃을 꺾을 힘이 없는 환자들.

희망이 지고 절망이 피기 직전의 달콤함.

몇차례 거센 추위와 더위와 바람에도 무사한
체념의 달콤한 향기를 뿜어내는 꽃다발처럼
검붉은 석양 가득한 공터를 받아 안고,

병실로 돌아가는 환자들.
시계 속 시간보다 느리게, 최선을 다해 느리게 돌아가는
환자들.
병실로 돌아가기 전까지,

시침과 분침이 쩔뚝거리며,
시간보다 느린 걸음의 환자들을 다 따라잡아 먼저 침대
를 차지해버리면
맨 처음으로 다시 돌아갈 수도 있을 거라고 기대하며
병실로 돌아가는 환자들.

봄밤의 낮잠

내 낮잠 속에 손을 넣어 헤집으면 솜사탕 같기도 하고, 피 스민 붕대 같기도 한 가늘고 긴 연기가 얽혀 나오겠지.

손이 부채처럼 부풀어오르겠지. 그것은 밥 짓는 연기일까, 화장장 연기일까.

낮잠이 마중 나온다, 봄밤으로.

나는 마중 나온 낮잠의 가는 손을 설핏 잡는다.

그대로 속절없이 검은 물속 같은 봄밤으로 끌려든다.

봄은, 여름 가을 겨울로부터 미리 끌어온 낮잠이다.

봄날 어느 하루 동안, 다 흘러온 사계절이 모두 봄밤에 모였다.

이제부터 사철 봄밤이라면, 봄밤은 지금까지 없던 새로운 계절.

봄은 이제 물음.

사철 나는 봄밤을 미리 끌어다 홑이불처럼 덮고, 황망한 대답 대신 낮잠을 잔다.

낮잠은 봄밤에 대한 대답이다.

어서 자야지. 뽑힌 나무를 보면 그냥 지나칠 수 없다.
어서 자야지. 뽑힌 나무를 보면 허공에 누이고 싶다.

봄밤의 나무에 기대는 걸 좋아해, 기대어 자는 낮잠을
좋아해.
봄이어도 괜찮다는 잠꼬대처럼 피는 잎들 꽃들.

강호

언젠가 깊은 봄밤에 나는 수만리 밖에서 내게 내미는 아버지의 손을 보았다.

그는, 오늘은 공터의 목련나무를 통해 손을 뻗었다.

아이 주먹같이 흰 살결의 목련, 하루하루 검게 단련되는 그의 손.

그의 손 하나, 손 둘, 손 셋, 목련나무 아래 선 내 정수리로 떨어졌다.

그의 손이 지구 저편 다른 계절로부터 계속해서 내 어깨를 이마를 짚듯 후드득 떨어졌다.

집을 떠나며, 남은 손금을 힘껏 당겨 화살처럼 모두 날렸다.

꽂힌 자리에 꽃들이 벌어졌다.

내 손금이 화살처럼 순식간에 비집고 들어가며 불거져 나온 공중이 꽃이다.

손금이 무수히 꽂힌 손은 얼마나 깊은 공중인가.

평생 우리는 서로 공중을 펼치고 공중을 내밀고 공중을

날리고 공중을 부딪치고 공중을 맞잡는다.

콧등에 떨어진 빗방울에서 피비린내가 확 풍겼다.
공중은 검흔(劍痕)처럼 빗줄기로 패었고, 나는 빗속에 간
혔다.

오늘도 공중의 빈틈을 귀신같이 찾아내는, 꽃들과 새들
이 펼치는 권술.
봄밤을 한바탕 휩쓸고 순식간에 사라지는 꽃들과 새들.
내 몸은, 저 꽃들과 새들에게 눈 뜨고 당한 고수들의 무
덤이다.
그중에 아버지는, 내 가파른 수직 절벽의 몸 가장 높은
자리인 이마에 묻혀 있다.

야밤에, 수만리 밖 다른 계절로부터 개미의 모습으로 아
버지가 나를 찾아왔다.
풍찬노숙 잠든 내 둥근 이마 위를 개미 한마리가 칼에
깊이 베인 다리를 끌고 힘겹게 오르고 있다.
자기보다 몇만배는 큰 봄밤이라는 시체를 짊어진 채.

지구만 한 공중 한바퀴

1

나무도 나도, 물고기도 새도 벌도 꽃도, 매일 정확히 지구만 한 공중 한바퀴씩 돈다. 그런데 꽃이 벌이 새가 물고기가, 나를 추월해 사라졌다. 일생 나란히 같이 달릴 수는 없을까. 꽃과 벌과 새와 물고기는, 한 절기 나와 같은 시공간에 나타났다가, 스치듯 나를 추월해 먼저 갔다. 나는 달린다. 꽃이 피고 지는 건, 꽃이 나를 스쳐가는 것. 꽃이 나보다 수십배 빠르다. 매해 태양계만 한 공중을 돌던 수십년간, 나는 꽃들에게 수십번 따라잡혔다. 나는 꽃과 한 절기라도 어깨 나란히 달린다고 생각했는데, 아니었다. 꽃의 몸은 한 절기만 해서, 나를 추월해 사라지는 데 한 절기가 걸린 것뿐이다.

2

사철 불쑥 나타나 나를 재빨리 따라잡고 사라지는 것들. 제 속도를 결코 늦추는 법 없이, 제가 가진 페이스 그대로 나를 추월해 가는 것들. 현관 앞 화단의 꽃을 단숨에 따라잡고, 헤집는 고양이를 만났다. 나를 금세 따돌리고, 꽃마저 추월한 어린 고양이를 만났다. 까마득한 곳에서 한달음에 달려와, 번개 같은 속도로 나를 추월하던 순간의 짧은 조우였다. 어린 고양이가 꽃들을 턱밑까지 쫓던 이른 봄이었다.

한파가 절정이던 지난 삼월 초순의 밤. 내가 아파트 현관문을 밀고 들어서려는 찰나, 벌어진 문 틈새로 어린 고양이가 격렬한 몸짓으로 나보다 먼저 순식간에 안으로 비집고 들어갔다. 아득한 터널의 소실점 같은 현관 모퉁이에서 숨 가쁘게 들썩이는 고양이 등. 나를 추월한 순간 무심히 흘깃 돌아보는 고양이 눈빛. 살아 움직이는 것들의 발목을 닥치는 대로 다 걸어 넘어뜨리던 현관 밖 비바람. 나는 고양이를 현관 밖으로 내보내려던 생각을 금세 포기했다. 이미 고양이는 나를 추월했고 따돌렸다.

거리에서 고양이는 꽃보다 빨랐다. 너무 빨라서 굳이 머물 집이 필요치 않았다. 매일 작고 깊은 궁지를 만들어 보이지 않게 몸을 누였고, 매일 그 궁지로부터 뛰쳐나갔다. 그 어린 고양이는 정말 빨랐다, 어려서 빨랐다, 꽃보다 빨랐다, 내가 탄 자동차보다 빨랐다, 달리는 자동차 밑 그림자보다 빨랐다. 고양이는 벚꽃이 다 지기 전에, 도로 위에서 까맣게 사라졌다.

3

어린 고양이가 나를 앞질러 간 올해는,
백년째 살던 벚나무도 갔다.
십년째 살던 강아지도 갔다.
오년째 살던 금붕어도 갔다.
백일째 살던 백일홍도 갔다.
일주째 살던 흰나비도 갔다.

모두 나를 추월했고, 올해도 내가 제일 느렸다.

공히 하루에 정확히 한바퀴씩, 같은 속도로 우주 기슭 지구만 한 트랙을 돈다고 생각했는데 아니었다, 내가 제일 느렸다.

끝없는 시작부터 시작 없는 끝까지, 모두 각자의 속도로 달리다가 추월의 순간에야 지구라는 트랙 위에 잠시 서로 모습을 드러냈다.

짧게는 몇초에서 길게는 수십년간, 그래도 우리는 이렇게 같이 살았다.

내가 아버지를 따라잡지 않아 다행이 아닌가.

지난봄 아버지는 나와 벚꽃을 추월해 먼저 가셨다.

나도 단 한번은 반드시 꽃이 지기 전에 죽을 것이다.

나도 단 한번은 꽃을 가뿐히 추월해 지구라는 트랙 밖으로 혼자 달려나갈 것이다.

햇빛

1

내가 햇빛에 뒤덮여 있던 어느 갠 날. 전쟁과 학살을 온몸으로 겪은 할머니께서 말씀하셨다. 햇빛은 죽은 사람들의 살갗이란다. 사람이 숨을 놓치면, 해님은 가장 먼저 사람의 살갗을 책장처럼 한겹 한겹 찢어가지. 왜냐면 해님이 빌려줬던 것이거든.

그리고 아침부터 그 살갗들을 얇게 펴서 잘 말린다. 바람이 기압골을 이루며 불면, 살갗들은 돛처럼 부풀어오르지. 그때마다 지구가 작은 돛배처럼 들썩들썩한다. 종이배처럼 서서히 저녁으로 젖어간다.

종일 말린 햇빛은, 밤새 잠 안 자고 울며 어서 빨리 어른이 되게 해달라고 보채는 아가들에게 한장씩 달래듯 나누어준다. 네 살갗이 참 부드럽구나. 좋은 살갗을 타고났구나. 죽은 지 얼마 안된 이의 것이구나. 순전한 피 냄새, 고독의 젖비린내가 진동하는구나.

사막은 왜 날로 넓어질까. 계속된 전쟁과 학살로 죽은 이의 살갗이 넘치고 흘러 미처 다 나누어주지 못해서, 공중에서 말라 부스러져내린 것이지. 눈이 부시고 눈이 따갑지.

전쟁과 학살로 선량한 사람들이 너무 많이 빨리 죽어서,

그 귀하고 아까운 햇빛이라는 살갗이 다 사막이 되는 걸 보고만 있을 수 없어서, 신은 짐승들에게라도 나누어주었지. 그래서 인피를 쓴 짐승들이 들끓게 되었지.

신은 어리석고 무책임하며, 뭐든 알고도 모른 체하고, 그럼으로써 다 아는 체하지만 결국 아무것도 모르며, 그래서 책임이 없을 뿐 아니라 막 엄마를 삼키고 나온 갓난아기처럼 아무런 죄도 성립되지 않으므로, 이렇다 할 책임을 지울 수 없는 자.

어느새 인피를 뒤집어쓴 짐승들이 지구를 지배했어. 점점 늘어갔지. 세상에, 인간의 살갗을 짐승들에게 주느니 사막에 배를 띄우고 말지.

얘야 너는 자라서 이 땅 위로 쏟아지는, 햇빛이라는 가엾은 이들의 살갗을 고이 거두어, 세상 모든 창문마다 한 장씩 공평히 나누는 직업을 가지거라.

2

내 발치에 떨어진 햇빛 한조각은 누가 마지막 숨까지 불어넣다가 터뜨린 붉은 풍선의 잔해 같다. 일생 노동에 찢기고 늘어진 살갗 같다.

서서히, 겹겹이 주름진 할머니의 얼굴 위에
오늘도 죽은 사람의 얼굴 한장이 주름처럼 내려앉는다.

비를 흠씬 얻어맞다가 보았다

비를 맞다가 머리가 깨졌습니다.
비를 맞다가 등이 무덤처럼 굽었습니다.
비를 맞다가 눈코입이 깨끗이 씻겨 내려갔습니다.
비를 맞다가 젖꼭지와 배꼽이 씻겨 내려갔습니다.
비를 맞다가 제 앞뒤가 뒤바뀌었습니다.
비를 맞다가 흠뻑 취했습니다.
비를 맞다가 온몸이 흘러내렸습니다.
비를 맞다가 생긴 저만의 불행은 아니었습니다.

비는 모를 것입니다.
왜 지금 여기로 내리고 있는지.
하늘이라는 지표에서 땅이라는 지표로, 알몸으로 이사
중인지.
찢긴 이불 같은 구름은 버리고 또 버려도
지구라는 이삿짐 트럭에는 구름만이 넘칠 듯 가득 실려
있고
비는 모를 것입니다.
왜 물안개 핀 허공의 도로를 내달리고 있는지.
비는 모를 것입니다.

국도 갓길, 발목 한쪽 잠길 정도로 얕고 좁은 비웅덩이 한쪽에

하늘에 버리고 온 구름이 언제부터 말갛게 개켜져 있는지.

이 땅에서도, 땅처럼 딱딱한 구름 위에 어쩌다 다시 세들게 됐는지.

비는 모를 것입니다.

비 때문에 누군가 확 죽을 수도 있다는 걸.

둥근 비웅덩이는 태양계 바깥을 내다볼 수 있는 망원경 이라는 걸.

결코 모를 것입니다.

그 망원경으로만 볼 수 있는 그 별로

동생을 먼저 보낸 사람이 있다는 걸.

국도변에는

바닷속에 동생을 묻고 생긴 극심한 갈증으로

세걸음마다 한번씩 엎드려 물 마셔야 하는

어린 고라니가 있습니다. 일어서며 엎드리는 고라니가

이어진 비웅덩이마다 입술을 갖다 대는 시간입니다.

고라니가 웅덩이 속 얼[魂] 비친 그 별에 입맞춤하는 시간입니다.

뒤따르던 누군가는

뒤집힌 우산 같은 비웅덩이를 주워 들고

비를 흠씬 얻어맞고 비틀대는 고라니 작은 머리 위에

무지개처럼 가만히 씌워주고 있습니다.

영혼한 풍경

국도를 달리다보면, 나지막한 산들
국도를 한없이 내려다보고 있다
우리는 풍경에게 얼마나 많은 시신을 맡겼던가
모쪼록 대신 곁에 있어달라고

눈을 끔벅 감았다 뜬다
내 시야 밖으로, 무릎을 굽혀 주저앉았다가
눈 깜짝할 새 다시 일어서는 풍경
눈언저리에 난 까만 점처럼
찰나 확 구겨졌다가 다시 펼쳐지는 풍경

흐느낌 소리를 피해 애써 사방으로 돌아가는 내 안구는
지금 나를 끌어안은 풍경의 연골, 풍경이여 영원하라
서로의 몸에 부딪치는 우리의 시선은
하루의 사지를 잇는 풍경의 관절, 영원하라 혼들이 깃든
풍경이여

너는 나의 영혼한 풍경
풍경은 영혼의 시작

투명한 망치처럼 손끝으로 내리꽂히는 가을 저녁
까맣게 죽어가다가 손톱처럼 뽑혀나가는 나뭇잎처럼
다시 그 자리에 나고 자라는 나뭇잎처럼

몸만 없다면 몸만 없다면
바람처럼 영원히 풍경의 영혼한 피가 되어 흐르겠다.

그날의 눈송이와 오늘의 눈송이 사이

*

달이 뜬다.
폭설 속에 태어나, 폭설 속에 죽는다.

*

오늘밤도 눈송이 하나가 공중에 떠 있다.
눈송이의 중력에 지구가 새털처럼 들리고 빨려들어간다.

*

그날의 눈송이가 지상으로 떨어져내렸는지.
그다음 날의 눈송이 위로 지구가 떨어져 녹았는지.
그날의 눈송이와 그다음 날의 눈송이 사이에
하루 사이에, 얼마나 많은 일들이 일어났는지.

*

밤마다 눈송이 하나가 바다로 떨어졌다.
바다의 바닥까지 녹지 않고 떨어졌다.
바닷속에서 천일 넘게 사람들이, 바닷물보다 차가운
천개 넘는 눈송이를 다 맞았다.

*

차가운 달이 뜬 날마다 폭설 속에 갇힌다.
어제의 눈송이, 오늘의 눈송이, 내일의 눈송이
우주라는 폭설 속, 지구에 가장 가까이 흩날려 온 눈송이
지상에서 가장 가깝고 큰 눈송이인 달이
시침을 한계단 두계단 밟고 내려와
잠든 아이의 정수리로 떨어져 스며든다.
체온에만 흔적 없이 녹아 사라진다.

*

지구에 내린 첫번째 달과 오늘의 달 사이
폭설 속에 갇혔다.
그날의 눈송이와 오늘의 눈송이 사이
폭설 속에 갇혔다.
매일 달을 맞고 얼굴이 젖었다.
매일 물고기처럼 온몸이 젖었다.

*

문득 뒤돌아 시커먼 허공에 불쑥 손전등을 비추니
녹지 못한 수백개의 눈송이가 가득하다.

그 폭설을 뚫지 않고는 그날로부터 어디로도 갈 수 없다.

지상에 있어야 할 수백명의 체온이 부족해서
여태 녹지 않은 그 계절의 눈송이들 사이에 갇혔다.

*

그날의 눈송이가
눈앞에 천일 넘게 멈춰 있다.

오늘의 눈송이가
그날의 눈송이 위에 쌓인다.

*

하나의 눈송이와 눈송이 사이가 단 하루.
어느 하루는 그사이가 여생보다 길다.

눈썹이라는 가장자리

 눈동자는 수년간 내린 눈물에 다 잠겼지만, 눈썹은 여전히 성긴 이엉처럼 눈동자 위에 얹혀 있다. 집 너머의 모래 너머의 파도 너머의 뒤집힌 계절. 해변으로 밀려오는 파도는 바람의 눈썹이다. 바람은 지구의 눈썹이다. 못 잊을 기억은 모래 한알 물 한방울까지 다 밀려온다. 계속 밀려온다. 쉼 없이 밀려온다. 얼굴 위로 밀려온다. 눈썹은 감정의 너울이 가 닿을 수 있는 끝. 일렁이는 눈썹은 표정의 끝으로 밀려간다. 눈썹은 몸의 가장자리다. 매 순간 발끝에서부터 시작된 울음이 울컥 모두 눈썹으로 밀려간다. 눈썹을 가리는 밤. 세상에 비도 오는데, 눈썹도 없는 생물들을 생각하는 밤. 얼마나 뜬눈으로 있으면 눈썹이 다 지워지는지에 대해서 생각하는 밤. 온몸에 주운 눈썹을 매단 편백나무가 바람을 뒤흔든다. 나무에 기대앉아 다 같이 뜬눈으로 눈썹을 만지는 시간이다. 겨드랑이나 사타구니의 털과 다르게 눈썹은 몸의 가장자리인 얼굴에, 얼굴의 변두리에 난다. 눈썹은 사계절 모두의 얼굴에 떠 있는 구름이다. 작은 영혼의 구름이다. 비구름처럼 긴 눈썹 아래, 새까만 비웅덩이처럼 고인 눈동자 속에, 고인의 눈동자로부터 되돌아나가는 길은 이미 다 잠겼다. 저기 저 멀리 고인의 눈썹이 누가 훅 분 홀씨처럼 바람 타고 날아가는 게 보이는가? 심해어처럼 더 깊은 해저로 잠수해 들어가는 게 보이는가? 미안하다. 안되겠다. 먼 길 간 눈썹을 다시 붙들어 올 수 없다. 얼굴로 다시 데려와 앉힐 수 없다. 짝 잃은 눈썹 한쪽처럼 방 가장자리에 모로 누워 뒤척이는 사람. 방 한가운데가 동공처럼 검고 깊다. 눈물이 다 떨어지고 나자 눈썹이 한올 한올 떨어지기 시작한다.

그 사람의 가장자리에는 누가 심은 편백나무가 한그루.

그 위에 앉아 가만히 눈시울을 핥는 별이 한마리.

등을 떠미는 일

실명(失命)하고 서로 오래도록 등지고 살다가
정말 슬펐을 때 우리는 등을 맞대고 울었다.
등으로 서로에게 상처를 타전했다.
등이 슬픔의 표지라도 되는 것처럼.

교실을 나가다 뒤돌아보니
흑판처럼 어두운 등에 낙서가 되어 있다.
우리 아이들을 이루던 것들을
네 속에 차곡차곡 넣고 닫은 뚜껑 같은 등.
등을 여는 것은 무심한 낙서 속에 담긴
비밀을 캐는 것.

등은 떠밀기가 좋다.
가슴을 떠미는 것과 달리 등을 떠미는 건
내 곁이 아닌 더 좋은 곳으로 가라는 것.
밀면서 끌어안는 것이 등을 떠미는 일.

등을 자꾸 떠밀다보면 시간이 거꾸로 간다.
등을 밀면 너의 가슴이 봉긋하게 밀려나오고

아이 밴 둥근 배가 밀려나오고
온몸에 주름들이 파도처럼 밀려나오고

불시에 등을 끌어안는 습관은 버려야 한다.
등은 밖으로 드러난 마음이기 때문이다.
어느 결에 드러난 마음은 끌어안기보다는
지켜봐야 하는 것.

겨울나무 가지처럼 가는 뼈들이
종잇장같이 얇은 알을 뚫고 막 튀어나오려는
새의 날갯죽지 같았던, 너의 등은
날아가도록 떠밀어야 하는 것.

등을 안는 일

그는 상처를 그대로 드러내어 보이게 하고 싶지 않아
누가 볼세라 등 뒤로 급히 밀어넣었다.
매일 밀어넣으며 미처 정리하지 못했다.
그의 등 뒤는 어두운 뒤란의 창고처럼
밤낮이 이어지며 깊어지고 그늘져갔다.
그가 가진 세상의 절반은 등 뒤로 숨고
나머지 절반은 공기로 스몄다.

누군가 엎드려 잠든 그의 등을 한삽 한삽
파고 파서 작은 상자 하나를 묻었다.
그 상자 속에는
그 땅에 묻힌 어머니의 유품이 들어 있다.
그 바다에 묻힌 딸의 유품이 들어 있다.

누군가 상자 뚜껑을 몰래 반쯤 열어놓았다.
영혼이 밤사이 나와
그의 등 위에 걸터앉아 쉴 수 있게.
놀 수 있게, 그와 함께 아침을 맞게.

누군가 엎드려 잠든 그의 등을 깊이 파고

　그의 여생이 담긴 상자를 들어내 가져가고 대신 꽃을 묻

었다.

　그의 여생은 이제 그의 것이 아니게 되었다.

　그의 어머니가 이 땅에 태어난 후부터

　그의 딸이 이 바다에서 죽을 때까지의 세월,

　그의 여생은 매년 그녀들의 생일에서부터 기일까지다.

　밤마다 그는 집채만 한 잠을 높이 들고 벌을 서고

　지켜보던 누군가가 힘을 다해 그의 등을 안아주었다.

　누군가가 누군지는 상상에 맡기겠지만,

　그의 등 위에 꽃 한송이를 올려놓았다.

　그리고 허리를 꺾어 꽃에 입술을 바짝 대고

　혹시 숨어서 선잠을 자고 있을

　작은 곤충들이 놀라지 않도록 속삭이듯 말했다.

　이제 함께 일어나야 할 시간이라고.

꽃다발을 주고받듯

1

너의 손바닥 살갗은, 꽃잎처럼 차다.
서리처럼 얇고 서리 낀 창에서
밤새 피어오르다 얼어버린 달보다 희다.
매일 되살아나는 해와 해 뜰 때까지
언 꽃을 꼭 거머쥔 것처럼 붉다.

2

지구상의 모든 사람들 꽃다발을 주고받듯
지구상의 모든 사람들 붉어진 손 잡으면
지구상의 모든 해와 달에서 흘러나오던 시간이 잠긴다.
지구상의 모든 시간의 수도꼭지가 잠시 꽉 잠기고
지구상의 모든 바람이 잠들고 해류와 파도가 일시 정지
된다.

지구상의 모든 사람들 오늘도 멈추지 않는 눈물을
닦다가 붉게 데어 해진 손 맞잡으면
시계 톱니 같은 열 손가락이 깍지 끼듯 맞물리면
저마다 떨어진 시간의 부속물인 사람들 틈 하나 없이 서

146

로 맞물리면

　저마다의 생으로 줄줄 새던 시간의 누수가 멈춘다.

　저마다 땅바닥에 콸콸 쏟아지던 시간이 멈추며 슬픔도
잠시 잠길 때

　바로 그때 손잡은 채로 그대로 가고픈 시간으로 되돌아
가면 된다.

　저 바람과 구름과 나무가 흔들림을 멈추고

　저 바람과 구름과 나무가 흔들리며 그랬듯

　저 바람과 구름과 나무처럼 아직

　　　　시를 단 한편도 읽지 않은 순전한 영혼

　시 아닌 건 단 한편도 읽지 않은 순전한 영혼

　그 영혼들이 서로 꽃다발을 주고받듯

　손을 꼭 잡고

　꼭 손을 잡고

　되돌아간다.

가지마다 서리가 서서히 거두어지듯 꽃이 지는 시간.
돌아보면 흔적도 없이 주머니에서 빠져나가고 없는
공기처럼 찬 누군가의 손.
손안에 깨끗이 녹아버린 손.
손안에 한평생 스며버린 손.
걷다가, 떨어진 꽃잎을 주워 손바닥 위에 올리고
그 위에 꽃잎을 겹치고 또 겹쳐 올리며
손금을 다시 그려가는 마음으로
　　　다시 조금씩 꽃의 형상으로 되살아나던 손은
아직 만나지 못한 누군가의 손이 된다.

　　3
공기가 공중에 떠 있는 것도 버거워하던 날.
죽은 너는 자신의 떨어진 두송이 손을 잡아본 적 있다.

울고 있는 산 들 바다 바람 사람.
산 사람, 살아서 울 수 있는 사람.
우는 사람 얼굴은, 죽은 네게 주는 붉은 꽃다발.

처음 만난 사람

1

취한 사람은 땅을 보고 걷거나
하늘을 보고 걷는다.
그리고 웃는다. 그러다가 운다.
아마도 그 사람을 울고 웃게 하는 무엇이
땅과 하늘에는 있는 것이다.
그건 여긴 없는 너일 것이다.

조금씩 점점 더 세게 흔들리는 한 사람의 어깨를
빛의 속도로 땅이 되비춘다.
한 사람의 그림자가 들썩거린다.
땅은 검은 거울이다.

그 사람은 봄 여름 가을 겨울 거울 위를 걷는다.
아침 정오 저녁 자정으로 거울인 땅은 그를 되비춘다.
거울에 비친 그림자.
그는 땅 위에 비친 자신의 본래 얼굴이 마음에 든다.
눈물 콧물 물기가 나올 구멍이 어디에도 없다.
땅 위에 비친 그의 본래 얼굴을 보면 알 수 있듯

처음부터 그에게 눈 코 입 귀가 없었으므로, 이 땅에 태어났다.

처음부터 그에게 눈 코 입 귀가 있었다면

그는 땅이라는 두터운 거울을 덮고 여태 잠들어 있었을 것이다.

2

아이는 태어나 처음 만난 그를 두고 갑자기 떠났다.

그건 아이도 아이를 아는 사람 누구의 뜻도 아니었다.

땅이나 하늘이 아니라, 땅이고 하늘인 바닷속으로

바다라는 깊은 하늘 속으로

바다라는 파도 파도 계속해서 파도로 차오르는 땅속으로

떠났다, 아이는 찬 공기가 되었다.

그 공기를 매일 마시고 늘 취해 있는 사람.

땅을 보거나 하늘을 보고 걷는 사람.

잠기지 않는 생각을 울음으로 틀어막는 사람.

아이가 세상에서 처음 만났던 사람이

집으로 돌아오자, 집 앞으로 아이 마중 나가 있던

빈방도 할 수 없이 걱정하며 따라 들어온다.

불을 탁 켜자 아이 방의 거울은 맹렬히 빛을 빨아당긴다.
창문에도 빛이 터질 듯 차오른다.
밤이 밤늦도록 창문을 젖꼭지처럼 물고 빛을 빨아당긴다.
밤의 몸이 점점 비대해질수록 창문은 하나둘
쪼그라들고 사그라들어 꺼져간다.
형광등도 점점 검게 가늘어지더니 오래된 자일처럼
툭 끊어진다.

아침마다…… 거울을 보는 일.
웃음과 울음 모두 다 쓸려간 얼굴로 거울을 보는 일.
거울 속 눈동자는 세상에서 가장 단호한 구두점.
감았다 뜰 때마다
태초부터 빛들이 이어 써온 문장들 끝에 마침표가 찍힌다.
대대손손 이어져온 문장들이 매 순간
무수히 무심히 무참히 사라진다.

그래서 지금부터 다시 쓴다. 매일,
처음 만나러 간다.

이 산이 작은 파도였을 때

어느 파도는 너무 일찍 밀려왔다.

어느 파도가 얼마나 일찍 왔는지, 일찍 오는지 모른다.

일찍 온 파도를 뒤집어 작은 돛배처럼 도로 바다로 떠밀어보기도 했지만,

일찍 온 파도는 누군가의 발목에 묶여 있고, 누군가의 다리는 무겁게 젖어 있다.

누군가의 다리에 그림자처럼, 지구 한바퀴만큼 긴 파도가 끌린다.

특히 저 어린 파도는 유독 일찍 왔다.

바다가 내려다보이는 이 산이, 아이 발등처럼 작은 너울이었을 때, 아이가 읽다가 엎어놓은 책이었을 때, 책을 잡던 작은 손등이었을 때, 그 손등에 입맞춤하던 엄마의 입술이었을 때, 콧등이었을 때, 솟은 가슴과 부푼 배였을 때, 기포였을 때, 티끌이었을 때, 수많은 키스이고 입김이고 손길이었을 때, 처음의 고백이었을 때, 속삭임과 휘파람이었을 때, 하나부터 열까지 다 우연이었을 때, 스침이었을 때, 옷깃 같은 파도였을 때, 한 아이 겨우 덮을 작은 이불 같은 흰 파도였을 때

너무 일찍 밀려온 파도가 겹겹이 쌓여 이 산이 되기 전,
　바다가 내려다보이는 이 산이, 사람 키만 한 작은 파도
였을 때
　파도처럼 솟은 무덤이, 무덤처럼 솟은 파도로 이 산까지
밀려올 때
　무덤처럼 솟은 파도가, 파도처럼 솟은 무덤으로 쌓일 때
　해일처럼 치솟은 산비탈에 깊이 박힌 돌을 빼내듯, 움직
이지 않는 이마와 어깨와 손등을 부여잡고 흔들 때
　바다에 바위처럼 박힌 파도를 뒤집을 때
　파도 한 너울이, 한 사람이 매달린 벼랑처럼 밀려와
　쉼 없이 누군가의 눈가에 차오르고 있다.

죽은 사람이 산 사람을 기억하여

오늘 저녁이 죽기 전에 못 읽은 뒷장처럼 펼쳐지고
떨어지는 무수한 눈송이들 중에 몰래 거슬러 올라가는
눈송이들
다시 되돌아가는 눈송이들
아무런 바람 없이도 연기처럼 피어오르는 눈송이들
그 눈송이를 발견하고 끝까지 눈으로 좇아, 도로 달이
되는 걸 지켜보는 이는
그 시각 자신을 생각할 게 분명한, 죽은 사람을 아는 사
람이다.

막 겨울잠에서 깬 봄이 천천히 일어서는 밤
오늘도 죽겠다며 산 사람들
뒤따라 죽겠다며 오늘도 산 사람들
그 사람들로서는, 죽은 사람들이라고 부를 수밖에 없는
사람들
끝내 달리 뭐라 부를 수 없는, 죽은 사람들

산 사람들 언제 죽을지 알 수 없듯, 죽은 사람들 언제 살
게 될지 모른다.

산 사람들 죽는 게 두렵듯, 죽은 사람들도 사는 건 두려운 일
산 사람들 죽음을 업고 살듯, 죽은 사람들 삶을 안고 지낸다.

죽은 사람들이 산 사람들을 기억하여
죽은 사람들이 산 사람들을 위해 내내 기도하는 계절
눈시울 닳아 붉게 헐도록 걱정하고 그리워하는 계절
물에 빠진 듯 자맥질하듯 사는 걸 안타까워하는 계절
죽은 사람들이 산 사람들의 사진을 꺼내놓고 술을 따른다.

산 사람들이 밤새 촛불을 들고 걷다가
새벽녘 뭉친 양말처럼 벗어놓은 지구를 뒤집어보면
떠오르는 해, 밝아오는 날, 꼭 어제처럼 누가 죽거나 태어난 날
식탁을 케이크처럼 밝히고 있다.
식탁 가장자리에 촛불처럼 얼굴을 밝힌 사람들이
산 듯 죽은 듯, 살 듯 질 듯 뒤섞여 둘러앉아 있다.

산 사람들이 한데에서 제 차가운 입술로
죽은 사람들의 입술인 촛불에 입맞춤하고 있다.
그때마다 죽은 사람들이 산 사람들을 기억하여
파랗게 언 얼굴을 밤늦도록 호호 불어 녹이고 있다.
산 사람들의 얼굴을, 영정처럼 입김 불어 소매로 닦고
있다.

고인 하늘

집 앞에 흰 고양이 한마리가 죽어 있었다.

작은 상자를 가지고 오자 고양이가 사라지고 없었다.

그 순간부터 어디선가 가늘게 가르랑거리며 우는 소리
만 들렸다.

고양이는 어디론가 가고 없고 가쁜 숨소리만 메아리로
남았다.

숨소리를 찾아 길섶을 헤매다가 상자를 잃어버렸다.

상자를 잃어버리자 소리도 사라졌다.

내 핏줄을 타고 돌다가, 자려고 누우면 몸 한편에 고이
는 고인의 목소리.

돌고 도는 건 지상뿐, 오늘도 하늘은 고여 있다,고 했다.

고인의 하늘? 당신의 하늘?

내가 되묻자 고인은 멋진 농담이라고 빙긋이 웃었다.

맞아, 우리의 하늘!

오늘도 하늘이 고여 있다, 하늘에 비가 고여 있다, 저 높
은 웅덩이 속에 해가 고여 있고 달이 고여 있다, 바람도 새
도, 고인도 발목이 잠겨 있다.

세계는 나와 고인으로 이루어져 있다.

비 오는 밤에는 하늘을 지상까지 끌어 덮고 잤다.

하늘을 눈 밑까지 끌어 덮고 하늘이 있던 자리를 올려다보면, 이불 한채 없는 빈방이 보인다.

두꺼운 마지막 밤하늘 한채를 어깨에 짊어지고, 막 방문을 닫고 나가는 이가 바로, 나의 고인이다.

고인의 어깨에 고인 하늘 한짐.

밤마다 내 어깨를 삐걱이는 계단처럼 밟고, 내가 아는 모든 고인들이 검은 하늘을 한채씩 이고 지고 내려오자 하늘이 환해졌다.

우리가 아는 모든 고인들이 저마다 지고 온 하늘을 지구 한편에 부려놓을 때마다, 출렁이며 파도가 친다.

한순간도 멈춤 없이 매 순간 끝없이 파도가 친다.

잠든 나를 고인이 번쩍 들어 바다로 내던졌다.

한 장면의 암전도 없이 온통 고인의 꿈으로 가득했던 잠에서 깼는데, 아무런 기억이 없다.

이렇게 선명한 망각.

집어등처럼 환한 옷을 입은 고인이 작은 상자를 안고 해변으로 떠밀려왔다.

해변에는 고인은 없고, 고양이 울음소리로 가득 찬 빈 상자 하나만 있다.

나는 묵직한 상자를 들고 빈방으로 돌아갔다.

고인들의 생일 식탁

1

죽어서도 식탁 앞으로 다가가는 건 힘든 일이었다.

둥근 식탁 앞에서는 모두가 가장자리였다.

식탁 전체가 자를 수 없는 케이크였다.

숨 쉴 공기를 태우며 생일 식탁은 타오르고 있다.

숨 막히게 배가 고팠다.

식탁을 밝히는 눈동자들이 촛불처럼 울음소리 없이 녹고 있다.

누군가의 얼굴은 벌써부터 촛농처럼 흐르고 있다.

뜨겁고, 차갑고, 딱딱한 얼굴이 발등을 덮기 시작했다.

누구든 둥근 지구의 가장자리에서 평생을 살았듯,

누구든 둥근 식탁 앞에서는 가장자리였다.

식탁은 늘 생일케이크처럼 밝아오고, 훅 불어 끄면 저물었다.

얼굴들이 양초처럼 녹아내려 발등을 뒤덮고, 하늘을 뒤덮었다.

누구랄 것 없이 발이 달라붙어, 서로에게 다가갈 수 없었다.

벌떡 일어서, 지구 너머에, 식탁 너머에 켜진 눈을 불어
끄고 싶었다.
서로의 얼굴을 담은 눈동자가 다 녹기 전에,
붉은 눈언저리에 입술이 새카맣게 타도록 입맞춤하고
싶었다.
오늘 태어난 바람이 불자 식탁 가장자리의 눈동자들이
생일케이크 위의 촛불처럼 일제히 흔들렸다.

　　2
고인의 생일에 식탁 앞에 모였다.
고인이 한번만 식탁에 다시 앉길 바라는
오늘은 누군가에게, 헛된 바람이 태어난 날이다.
오늘은 헛된 바람의 생일이다.
하나 둘 셋, 촛불을 불어 껐다.

장미와 산다는 것

태중의 일처럼 봄 속에 잠겨 봄을 들이마시고 내뱉다가, 나와보니 울음이 터지는 장미의 계절이다.

장미는 어디든 내 곁에 있다.
갑작스러운 제 부음에 한달음에 달려온 너의 두 귀를 꺾자 평생 나눴던 붉은 말들이 쏟아진다.
나흘 만에 돌아온 빈집의 식탁 위로 떨어진 거대한 눈물 한방울이 수박처럼 쩍 쪼개진다.
식탁 위에, 떨어진 붉은 장미 잎이 가득하다.

장미는 언제든 몸 안에 있다.
자정이면 붉어지는 눈언저리에서 손금 가득한 나뭇잎들이 돋는다.
눈동자 속 실핏줄기에 핀 장미를 헤집고 침대 위로 떨어진 기다란 눈물이, 검은 수면처럼 일렁이는 침대 속으로 물고기처럼 스며든다.

장미는 어디든 언제든 피어 있다.
울고 있는 아이의 새빨간 얼굴에, 벌린 입속에, 작은 맨

발에
　울고 있는 아이를 뒤돌아보다가 넘어지던 너의 무릎에

　너 없는 공중을 끌어안는 내 두 팔이 나까지 안을 때
　내 가슴팍에 작은 화분 같은 공중이 생길 때
　네가 그 공중에 씨앗 대신 묻은 네 눈빛이 자라 내 얼굴
에 장미처럼 피고 진다.

물고기와 산다는 것

물고기와 산다는 것에 대해 말하는 상처투성이 한 아이의 두 눈에서 물고기가 뚝뚝 떨어졌다.

물고기를 주워 불에 구웠다.

두툼하고 부드러운 하얀 살을 뜯으며 배를 채웠다.

아이를 잃고 산다는 것에 대해 말하는 한 엄마의 두 눈에서 한 세상이 전봇대보다 길게 뚝뚝 떨어졌다.

떨어진 세상의 표면에 달라붙은 창문이 젖은 물고기 비늘처럼 반짝였다.

떨어진 물고기처럼 세상을 주워, 밤의 창문을 긁어내고 불에 구웠다.

그을린 세상으로 배를 채우고 뼈만 앙상한 세상을 깊은 밤에 풀어놓았다.

온종일 슬픔을 집어먹고 저녁이면 다시 살이 꽉 차오를 것이다.

아침에 문밖으로 나가려는데 신발 속에 가시처럼 뼈만 남은 물고기가 누워 있다.

나무는 나뭇잎이 꾸는 꿈

천사일까
천사가 아니라면 그런 일을 대놓고 할 수 없지
한번은, 한번도 본 적 없는 누군가가
내 마지막 영혼을 꺼내 피우곤
끄지 않은 영혼을 작은 종이갑에 넣어 바닥에 내던져버렸지
종이갑은 유리상자처럼 산산이 깨지지도 않아
내 영혼은 작은 종이갑 속에서
종이갑과 함께 저 멀리까지 흙투성이가 되어 굴러갔지
뇌수가 출렁이고 기억이 흔들리도록
나무가 땅속에서 발을 꺼내 뻥, 축구공처럼 내 심장을
걷어찬 것처럼
내 심장은 한순간 나뭇잎처럼 납작해지고 새파래진 채
공기를 가르며 튀어나갔지
땅바닥에 떨어지고도 한참 더 굴러가다가
불 꺼진 어느 집 담벼락에 부딪치며 멈췄어
일순간 적막
유리상자라면 유리상자와 함께 산산이 부서졌을
종이갑 속의 내 작은 영혼을

이 구겨진 슬픔의 작은 종이갑 속에

그냥 그대로 내팽개쳐두고

천사는 그때까지도 머금고 있던 마지막 흰 연기를 길게 내뱉곤

그냥 그 자리 붙박여 서 있었지

때맞춰 새들이 석양 쪽으로 날개를 펄럭이며

밤이라는 모닥불을 활활 훨훨 지피려 날아갔지

돌아오지 않는 식구를 위한 밥은 그 모닥불에 짓는 것이 오랜 풍습

어서 이 구겨진 종이갑 속에서 빠져나가 저녁을 위해

나무를 해 와야지 나무는, 나뭇잎이 꾸던 꿈

세상 밖으로 피기 전부터

나무를 꿈꾸고 전생에서부터 꿈꾸고 무럭무럭 꿈꿔서

세상 밖으로 꿈을 먼저 뿌리내리고, 가지를 길게 밀어올리고

그제야 가지 위로 피는 나뭇잎

나무는, 나뭇잎이 꾸는 꿈

지금도 바람의 바늘귀에 가는 가지를 꿰고 몸을 밀어내는 나뭇잎

누구일까? 오늘도 저녁이 익길 기다리며 집 앞에 나와
나뭇잎처럼 파리한 손으로
내 영혼을 만지작거리며 또 종이갑을 고요히 꺼내드는
저 나무는

나무는 나뭇잎이 꾸는 꿈, 나는 네가 꾸는 꿈

계절과 계절의 갈피에 바람과 바람의 사이에 서로 잊고 떠돌던 새털 같은 나뭇잎들이 한날한시 한곳에 다시 함께 모이는 꿈을 꿨다.

나무는 나뭇잎이 꾸는 꿈.

꿈에서 깨면 나무가 사라지는 꿈.

지구는 나무들이 꾸는 꿈.

꿈에서 깨면 지구가 사라지는 꿈.

누구도 하나도 기억나지 않는 꿈.

나는 지금, 옥상 바람에 헝클어진 내 머리카락이 꾸는 꿈.

지금 나는, 무수한 내 머리카락 같은 날들을 함께한 네가 꾸는 꿈.

내 손을 잡은 네 두 팔, 열 손가락이 꾸는 꿈.

내게 오는 네 두 다리, 무수한 발걸음이 꾸는 꿈.

꿈이 깨면 내가 사라지는 꿈.

나는 네게 하나도 기억나지 않는 꿈.

슬픔이 막 지나간 무방비 상태의 내 눈언저리를

너의 잠이 소처럼 두꺼운 혀로 핥는다.

식탁 앞에서 입안에 침이 돌듯 눈언저리에 눈물이 고
인다.

나무는 나뭇잎이 꾸는 꿈.

나무를 놓칠까봐 꼭 붙잡으려, 바람은 일년 내내 온 힘
을 짜내 나뭇잎들을 구부려왔다.

결국에 떨어진 나뭇잎들을 밟지 않기로 한다.

서로를 꿈꿨던 일들을 하나도 잊지 않으려, 나뭇잎을 밑
창에 붙이고는

나는 죽은 사람 산 사람 다 같이 살아가는 이 시집 속을
한걸음도 나가지 않기로 한다.

서로의 외계인이 되어

장이지

겉보기에는 무뚝뚝한 남자가 있다. 시인 김중일, 그는 '물고기' 혹은 '개구리', '나무' 또는 '새'로 변신을 거듭하면서 '저기' 존재한다. "회의장이 어디죠?" 하고 물어보면, 필시 그는 무뚝뚝한 얼굴로 답할 것이다. "이쪽입니다만." 다소 사무적인 말투를 들으면 사람들은 그가 늘 화가 나 있는 사람이 아닌지 의심할 것이다. 그러나 나는 웃을 때 먼저 미세하게 잡히는 그의 눈가의 주름이라든지 입가의 긴장 같은 것을 읽는다. 그리고 그가 실은 무척 다정한 사람이라고 사람들에게 말해주고 싶다. 그는 티가 없는 사람이다. 게다가 같은 시인으로서 부러운 마음이 들 만큼 훌륭한 시를 쓰고 있다. 공기를 껴입는다든지 하는 착의(着衣)의 촉각적인 감각을 한번 보라. 비유의 벽돌들도 정교하게 쌓아올린다. 질투를 해야 하는데, 해도 소용이 없다.

십수년 전의 일이다. 중일과 나는 어두운 밤거리를 건

고 있었다. 나는 시집 갈피에 용돈을 넣어서 그에게 건네기 위해 틈을 보고 있었다. 피차 어려운 시절이었다. 그의 부친이 지병으로 실직을 한 무렵이었다. 학업을 더 이어갈 것인지 취직을 할 것인지 결정해야 했다. 내가 보기에도 답은 나와 있었다. 그는 직장인이 되었다. 지금은 피우지 않지만, 그 무렵 그는 담배도 곧잘 피웠다. 대학로 사무실에서 김근 형과 함께 일했는데, 가끔 보면 두 사람은 사무실 밖에서 사이좋게 담배를 피우곤 했다. 사는 것이 별것인가 싶게도 우리는 입에서 단내 나게 살았다.

그 시절 벌써 중일은 자신의 나라를 "텅텅 비워놓고"(「너의 나라의 나」) 아예 어딘가 다른 나라에서 살기로 결심했다. 그곳은 그의 아버지의 나라다. 아버지도 외로웠으리라. 그는 아버지를 이해해보기로 하고 '아버지의 나라'에 가서 살아보기로 한 것이다. 그의 첫 시집 『국경꽃집』(창비 2007)에는 'Sun/Moon_Light Company'라는 부제가 달린 연작이 실려 있는데, 그것은 그 '아버지의 나라'의 이름이었는지 모른다. '해와 달의 저글링'이 시작된 것이다. 서커스도 아닌데 날마다 곡예라고나 할까. 그래서 김근 형과 함께 '구름'을 만들어내는 작업을 했었던 것은 아닌지……

이번 시집은 '애도 일기' 혹은 '상(喪)의 일기'와 같은 양상이다. 세부적으로는 '아버지의 죽음'이라는 개인사적인 슬픔이 세월호 사건과 같은 사회적인 죽음으로 이어지는

장면도 있으나, 본질적으로는 역시 전자의 암운이 짙다고
나 할까.

아버지의 죽음 뒤에 그는 여전히 '아버지의 나라'에 혼
자 우두커니 있다. '애도의 시간'에 속해 있는 것이다. 나
는 이런 생각을 해본다. 그는 하데스의 세계로 떨어진 오
르페우스가 아닐까. 오르페우스는 사랑하는 사람을 구하
기 위해 하계로 내려간다. 그러나 오르페우스가 하계의 금
기를 어기는 바람에 지상으로 돌아오는 길에 사랑하는 사
람이 다시 하계로 떨어지고 만다. 신화에서 오르페우스는
지상으로 돌아오지만, 사랑하는 사람이 없는 지상을 떠도
는 오르페우스는 여전히 하계에 속해 있었다고 할 수 있
다. 지상을 떠돌고 있어도 하계에 속해 있는 셈이다. 왜냐
하면 그는 죽음에서 놓여나지 못했기 때문이다. '애도의
시간'에 속해 있다는 것은 어떤 의미에서는 죽음의 세계에
속해 있다는 것이 된다.

나는 조금 위험한 상상을 해본다. '사과'* 같은 것을 들
고 하계로, 말하자면 중일이 속해 있는 '애도의 시간' 속으
로 하강해보는 것이다. 나는 그를 데리러 간다. 그런데 어
떤 말을 해야 그를 데려올 수 있을까.

* 세번째 시집 『내가 살아갈 사람』(창비 2015)의 책날개에는 김중일
  의 사진이 실려 있는데, 그 사진에서 그는 '사과'를 앞에 놓아두고
  있다.

세상 모든 사람들은
잿빛 댐처럼 지구를 가둔 땅을 틀어막고 있다.
땅이 터져 우주가 지구로 뒤덮이지 않도록,
　　　　　　　　　　　　　　　—「매일 무너지려는 세상」 부분

중일은 말한다. 지상의 모든 사람은 저마다 '우주'가 흘러나오는 구멍을 온몸으로 틀어막고 있다고. 그래서 한 사람이 이 세상에서 사라지면, 그 구멍에서 '우주'가 흘러나오는 것이다. 그렇게 되면 이 지구라는 작은 별은 '우주'로 뒤덮이고 말 것이다. 아무것도 존재하지 않는 무(無)로. 그리고 설화의 세계가 작동하지 않는, 설화의 세계조차 무너져버린 공간이, 이를테면 '율동공원'이나 '평일의 대공원'이 눈앞에 펼쳐진다.

언제였을까. 그의 부친이 수술을 하고 난 뒤였는데, 그는 자신의 가계(家系)에 대해 내게 말해주었다. 그의 집안 남자들은 모두 오래 살지는 못했다고, 조금 음울한 빛의 이야기를 해주었다. 그래서 그는 혼자 살겠다고 하는 흔한 말을 끝으로 다시 과묵한 그로 돌아갔다.

나는 말하고 싶다. 그가 본 '존재의 구멍'에 대해. 과거와 현재와 미래에 대해. 전에 여기 있던 것이 지금 여기 없는 것처럼 보이는 것은 시간을 단지 흘러가버리는 것으로 인식하는 관념 때문이다. 시간이라는 것도 공간의 일종으로서 제4의 차원이라고 보는 견해가 있다. 이 제4의 차원에서 보면 과거와 현재와 미래는 모두 하나의 차원에 공존한다는 것을 알 수 있다. '존재의 구멍'이라고 하지만 그것은 '폐허'가 아니라 다른 차원으로 열린 출구라고, 나는 그에게 말하고 싶다.

　　나는 죽은 사람 산 사람 다 같이 살아가는 이 시집 속을 한걸음도 나가지 않기로 한다.
　　　　　—「나무는 나뭇잎이 꾸는 꿈, 나는 네가 꾸는 꿈」 부분

　중일은 '꿈'에서 기실 특수상대성이론의 어려운 대목과도 흡사한 저 '열린 출구'를 보고 있는 것인지도 모른다. 그는 "나무는 나뭇잎이 꾸는 꿈"이며 "서로 잊고 떠돌던 새털 같은 나뭇잎들이 한날한시 한곳에 다시 함께 모이는 꿈"(같은 시)을 본다. 그가 본 것은 말하자면 원시 생명의 근원으로, 우리의 생명이라는 것도 거기에서 분기하여 나온 것이 아닐까. 그런데 제4의 차원에서 시간의 순서란 역전 가능한 것이 되므로 갈라져서 이어온 생명이 다시 한곳에 모인다는 것이 터무니없는 생각이라고는 할 수 없을 것이다. 다만 그는 자신의 시와 시집이 열린 세계임을 의식하고 있는 것은 아닌 것 같다. 그의 시는 원환(圓環)처럼 닫힌 세계가 아니다. 그럼에도 그는 그 원환 속에 '닫혀'(혹은 '틀어박혀') 있고자 한다. 그의 시는 '사과' 같은 과일처럼 함입(陷入)을 내포한다. 외부는 함입을 통해 내부가

된다. 그의 '창문'은 시의 외부와 내부를 '클라인 씨의 병'처럼 연결한다. 그의 알레고리들은 이 창문이라는 '함입'을 통해 현실과 이어져 있다. 닫혀 있는 원환의 알레고리가 아니라, 걸어가다보면 시집의 내부이기도 했다가 외부이기도 한 세계가 구불구불하게 이어져 있는 구조다.

몇해 전 누군가 내게 "김중일 씨, 요즘 연애하죠?"라고 물었다. 나는 그런 얘기는 못 들었다고 했다. 나중에 보니 나만 눈치가 없는 사람이었다. 그의 시에 이미 그런 기미가 있었고, 그것은 그의 시에 새로운 기운을 불어넣어주었다.「내 시집 속의 키스」「시인의 애인」등 전작 시집『내가 살아갈 사람』에 실린 시들에는 '아버지의 나라'에서 독립할 수 있는 길이 예비되어 있었다.

주지하다시피 그의 시는 저 '부성(父性)'의 낯설고 두려운 설화적인 세계에서 성장을 거듭해왔다. '아버지의 나라'에서 계속 살 것인지, 자신의 나라를 세우고 어른이 될 것인지 하는 갈등은 '국경'이라는 형태로 표출되었다. '국경'은 아버지의 말, 아버지의 법이 그은 경계선이다. 그 언저리에서는 전투가 계속된다. 한편에서는 'Sun/Moon_Light Company'의 일상이 이어지고, 한편에서는 집의 대문쯤에서 전투의 이미지들이 나타났다가 사라지곤 했다.

'국경'을 넘어 그가 '아버지의 나라'에서 벗어나기 위해서는 누군가 그가 있는 곳으로 와주기만 하면 되었다. 그가 아버지를 대신 살아주었듯이 누군가 그를 살아준다면 그는 '국경'을 넘을 수 있었다. "시인의 애인은 시인을 먼저 살다 간 사람, 시인이 이제 살다 갈 사람"(「시인의 애인」)이라는 대칭적인 관계 맺음 속에서 그는 가계에 드리운 죽음의 그림자를 벗어버릴 수 있었다. 말하자면 그는 '타자'가 필요했던 것이다.

그럼에도 그는 이번 시집에서 다시 '아버지의 나라'라는 일종의 '무인도' 상태로 되돌아왔다. 이 회귀는 다소 원환처럼 보이는 면도 있다. 「숨 나누기」에서 그는 부자 관계를 후대에서도 반복한다는 아이디어를 밀어붙인다. 「반생」은 아버지의 삶을 아버지 죽음 이후 이어가는 '애도의 세계'를 보여준다는 점에서 그의 세계에서는 전형성을 띠고 있다. 이런 아이디어는 서정주 식의 영생주의와는 다른 비관이라고 할까, 슬픔을 품고 있다. 그는 이 슬픔에 '고여 있는' 상태를 지속시키고자 한다. 그래서 이 시집 속에 유폐되고자 하며, '눈물'을 여러 형태의 물상으로 형상화하는 작업을 이어간다. 달리 보면 이것은 치유의 과정이기도 하다. 그는 '눈사람'이 녹아 만들어진 이 '눈물', '웅덩이'를 만들어가는 이 '물'을 지극히 낯선 것으로 본다. 낯선 것은 인간을 불안하게 하므로 그는 이 낯선 것을 여러 보조관념을 통해 낯익은 것으로 전치하고자 애를 쓰고 있는지도 모른다. 그러나 이와 같은 '애도의 시간'은 '지상의 시간'에 어울리지 않는다. 그것은 온몸이 찢겨 물의 흐름에 몸을 맡기는 오르페우스의 노래만큼 괴로운 것이 아닌가.

동화적인 시 「외계인이 우리 가정을 지켜냈어요」에 대해 한마디 하고 슬슬 이 글을 끝맺고자 한다. 이 시는 아름답다. '외계인'이 나와서 아름답다. 그는 '아버지의 나라'에서 무슨 운동회의 계주 경기처럼 아버지의 바통을 이어받아 그 '이어 살기'라는 것을 하고 있다. 그 나라에 아버지는 이미 돌아가시고 그 혼자 있다. "모두가 지구를 떠나고 버려진 지구에 나 혼자 누운 꿈"(「끝내 버려진 지구에 나 혼자 누운 꿈」)이라고 했던가. 그가 살고 있지만, 그 나라는 '무인도'나 마찬가지다. 누구나 이 섬에서는 '외계인'이 된다. 다른 세계에서 그가 살고 있는 '아버지의 나라', 다시 말해 하데스의 하계로 왔다면, 그는 '외계인'이 아니고는 달리 이름을 붙일 수 없는 존재일 것이다. 그는 '타자'다. 중일이 물처럼 흩어져버리는 자신의 심장을 손에서 흘려버릴 때(「오늘도 사과」) 누군가 그의 손을 잡아준다면, 그것은 다른 누군가가 아니라 바로 그 '외계인'이어야 할 것이다. 그 '외계인'은 지난해에 지구에 온 그의 딸이거나 그의 아내, 그리고 이 글을 쓰고 있는 나를 포함하여 이 시집을 읽고 있을 여러분이다. 우리 모두는 서로에 대해 '외계인'이다. "그래서 어쩌라고?"가 아니라 서로의 '외계인'이 되어 서로에게 손을 내밀어보아도 좋을 것이다.

중일의 아버지가 돌아가셔서 장례식장에 가는 길에 손택수 형이 「흙투성이 눈사람」(『내가 살아갈 사람』)이라는 중

일의 사부곡(思父曲)을 휴대전화 카메라로 찍어 내게 보내
준 일이 있다. 그 이듬해에 중일이 무슨 문학상을 받게 되
어 나는 '불편' 동인을 대표하여 홀로 청주의 시상식장에
갔다. 마침 그때 나는 전라도 광주에 있었다. 버스를 타고
청주에 가던 길이 불현듯 떠오른다. '길치'답게 나는 또 그
낯선 도시에서 얼마나 헤매고 다녔던가. 그 쓸쓸한 시상식
이 떠오른다. 수상작 「꽃처럼 무거운 마음」(『내가 살아갈 사
람』)이 그날 낭송되었는지는 잘 기억이 나지 않는다. 그 시
역시 아버지의 죽음을 애도하는 내용이었다. 그날 그는 제
법 담담한 얼굴로 나와 함께 식사를 했다. 그런저런 장면
들이 주마등처럼 떠오른다.

중일아, 너는 "눈썹도 없는 개구리"(「누군가에게」)가 되
어 울고 있느냐. 웃자. '아무튼 씨'(『아무튼 씨 미안해요』, 창비
2012)에게 더이상 미안해하지 말고, 그냥 웃자. 네가 울면
무지개 언덕에 비가 오니까. 또 눈이 오니까.

張怡志 | 시인

생의 마지막 순간까지 날 배웅해준 아버지와
아주 먼 미래로부터 한생을 되짚어 날 마중 와준 딸에게.

2018년 7월
김중일

창비시선 424

가슴에서 사슴까지

초판 1쇄 발행 / 2018년 7월 27일

지은이 / 김중일
펴낸이 / 강일우
책임편집 / 최현우
조판 / 박지현 박아경
펴낸곳 / (주)창비
등록 / 1986년 8월 5일 제85호
주소 / 10881 경기도 파주시 회동길 184
전화 / 031-955-3333
팩시밀리 / 영업 031-955-3399 편집 031-955-3400
홈페이지 / www.changbi.com
전자우편 / lit@changbi.com

ⓒ 김중일 2018
ISBN 978-89-364-2424-4 03810